이제 곧 죽습니다 1

일러두기

1. 이 작품은 픽션입니다. 등장인물 및 단체명은 실제 사실과 아무런 관련이 없습니다.
2. 만화적 재미를 위해 입말체는 저자 고유의 표현을 그대로 살렸습니다.

Contents

i will die soon

이제 곧 죽습니다

chapter 1

미리 아는 죽음

빠앙-
빵-

……

힐끔

맑은 공기, 좋은 사람과 함께~
글로벌 인재 양성의 메카
교학대학교
취업률 1위!
교학대학교
취업률 1위?
난 내가 나온 대학교 취업률 수치엔 도움이 안 됐겠네.

그런데 무슨 놈의 대학들은 다 자기네가 취업률 1위래?
1위라… 우리나라가 OECD 자살률 1위였나?

뭐, 거기엔 좀 보탬이 되겠네.

오늘 여기서 죽어버릴 거니까.

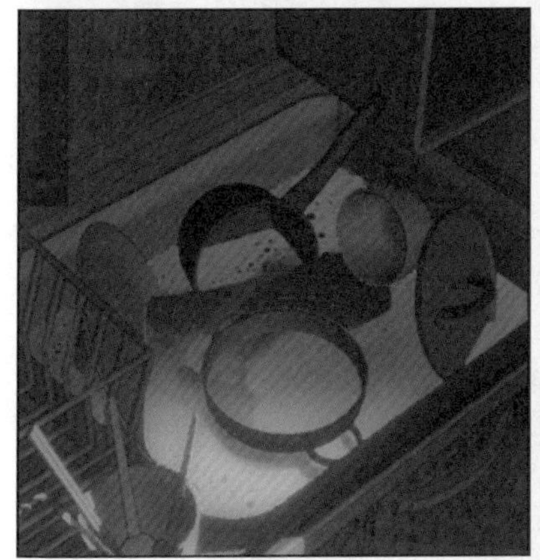

내 이름은 최이재. 31세.

아 X발 무조건 오른다더니….
스캠도 이런 X스캠이 없잖아!

쾅 쾅

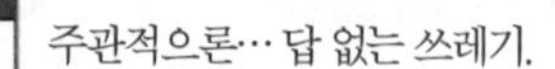

쾅쾅
최이재 씨~
안에 있지? 문 열어!

대체 월세를 얼마나
밀리려고 이래!
나도 먹고는 살아야지.
쾅
쾅
틱

이봐!
듣고 있는 거 다 알아!
쾅
쾅
쾅

하… 정말…
최이재 씨,
그딴 식으로 살지 마.
알았어?

텅
텅
텅

틱

끼~익

이번 면접만 붙으면
한 번에 낼게요… 아님
코인이 반등하면…

지잉~
엄마
지잉~

여보세요?
어 엄마.
뭐? 당숙 장례식?
거길 내가 뭐 하러 가?

그분이 아빠
돌아가셨을 때 왔으니까
가라고?
아 진짜 귀찮게…
알았어. 갈게.

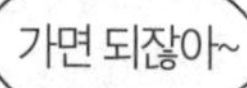
가면 되잖아~

장례식장

웅성
웅성

당숙이라고 해봤자
난 이름도 잘 모르던
사람인데…

당숙이면 5촌인가?
3촌, 4촌들하고도
안 친한데 무슨…

까똑

지은이 다음 달에 결혼한대.
얼굴책에서 봤어.

뭐?

나랑 헤어진 지
3달밖에 안 됐는데…?

강지은.
대학생 시절에 사귀기
시작했던 여자친구.

우리는 졸업하고 나서도
계속 연애를 이어갔다.

나보다 좋은 대학을
다닌 지은이는

나는… 계속 취업 준비를 해야 했다.

그래도 지은이는 계속 나를 믿고 기다려줬다.

… 3달 전까지.

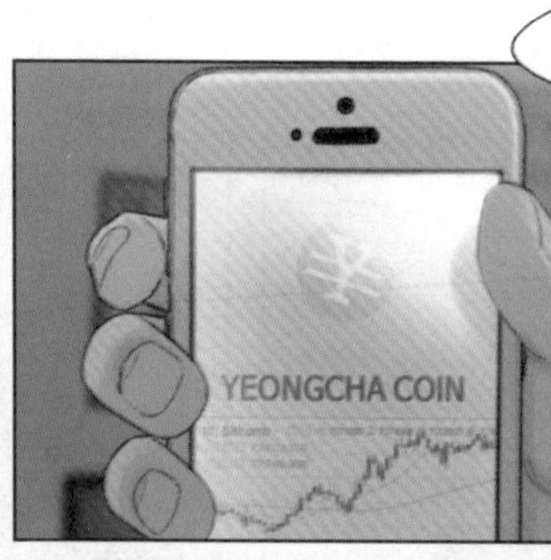
YEONGCHA COIN

왔어?

툭
… 이재야.

어?

진짜 계속 이렇게 살 거야?
왜 또 그래 지은아~ 오늘 회사에서 안 좋은 일 있었어?

… 그만하자.
YEONGCHA COIN

어?
슥

우리 이제 그만하자고.
난 이렇게 살 생각 없으니까.

탁

그게 서로의 청춘을 나눈
6년 연애의 마지막이었다.
……

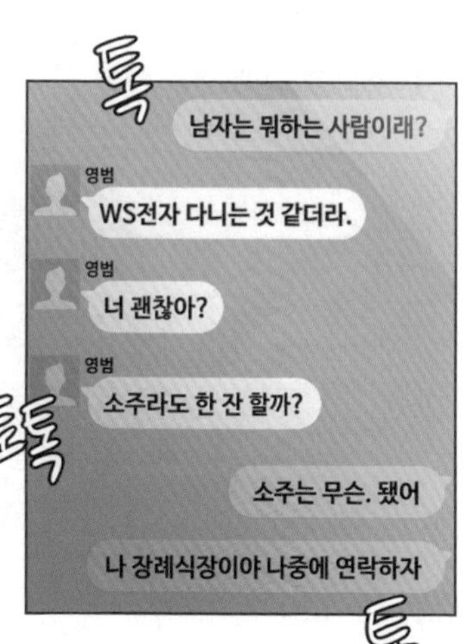
톡
남자는 뭐하는 사람이래?
영범
WS전자 다니는 것 같더라.
영범
너 괜찮아?
영범
소주라도 한 잔 할까?
토톡
소주는 무슨. 됐어
나 장례식장이야 나중에 연락하자
톡

꼴꼴
X발… WS전자?
난 떨어졌는데…

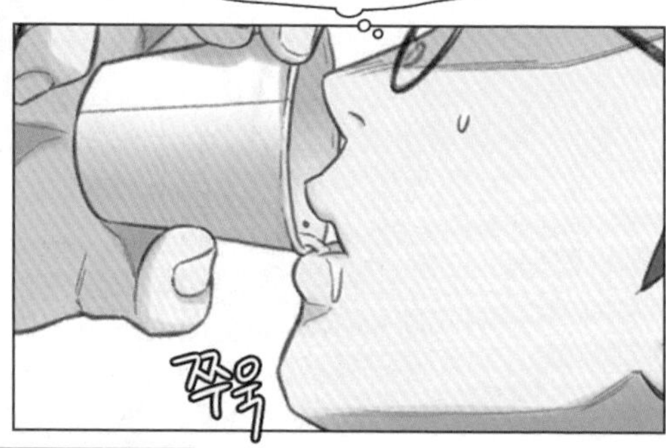
어떻게 나랑 6년을
사귀고 헤어진 지 3개월 만에
바로 결혼을 하냐?
쭈욱

지은아…

어~ 이재도 왔구나.
안 올 줄 알았더니.
슥
아…

안녕하셨어요.
큰아버지.
꾸벅

그래, 취직은 했어?
아뇨, 아직 준비 중…
뭐? 아직? 너 올해
서른한 살 아니냐?

너 삼일절이라는 말
들어봤어?
똑똑
31세까지 취업
못하면 절망적이란다.
그래서 삼일절이래.
알아들어?

나는 안다.
무슨 말인지.
빠득…
나도 마지막이란 생각으로
아득바득해서 이번엔 겨우
면접까지 올라갔으니까.

저… 큰아버지.
지금은 저 혼자 생각 좀…
버럭!
내가 니 나이 때는
말이야,
돈 되는 일이라면
닥치는 대로 다 했어!
안 그래요?
취업을 못해?
중소기업에 자리가
얼마나 많은데.
다 힘든 일
어려운 일은 피하니까
취업을 못하는 거야.
알아들어?
아 씨…
멈칫
뭐?
이재, 너 지금
씨라고 했냐?
아, 아뇨…
긁적
씨가 아니라…
씨X이라고 했는데요.
씨X 그만 좀 해요.

저 싸가지 없는
X끼 저거!
너 그렇게 살지 마
인마!!
벌떡
어어-!!
참아요!!
……
강지은
콱
뚜루루루—
뚜루루루—
잘근
잘근

…왜 전화했어?
지은아…
너 진짜 결혼해?
들었구나?
움찔
그러면 더
연락을 하지 말아야지.
지금 뭐하는 거야?
네가 어떻게
그럴 수 있어?
어떻게
나랑 헤어지자마자
바로 그러냐고!
만약에 내가
WS전자 붙었으면
나랑 결혼했겠지?
그치?
부들
부들
…너 지금 뭐하냐?
찌질한 X끼.
내가 널 얼마나
기다려줬는데 그딴 말을 해?
진짜…
너 아직도
그렇게 살고 있구나?
!

끊어.
짜증나니까.
뚝

내가 뭘 어떻게
살고 있는데!!
버럭!!
어!?

젠장… WS전자?
이번에 면접 본 HC그룹만 붙으면
다 이길 수 있어.
그럼 지은이도 후회하겠지.
그리고 그 꼰대 영감탱이도
속이 뒤집힐 거야!

그래. 합격만 하면 코인으로
날린 돈도 복구하고…
멍-

!

[Web발신]
귀하께서는 저희 HC그룹 면접에서
최종 불합격하셨습니다.

당사에 지원해주셔서 진심으로
감사합니다.

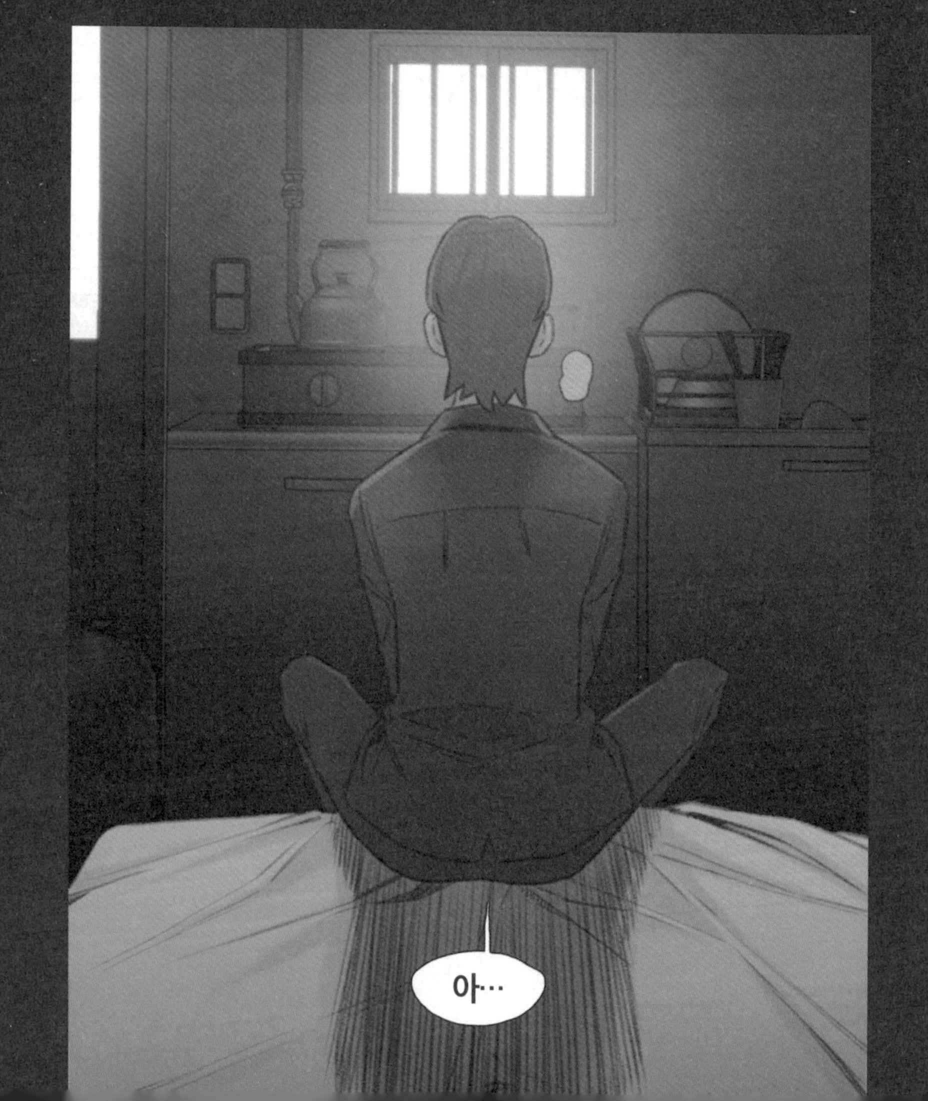

하… 정말…
최이재씨,
그딴 식으로 살지 마.
알았어?
저 싸가지 없는
X끼 저거!
너 그렇게 살지 마
인마!!
진짜 계속 이렇게 살 거야?
너 아직도
그렇게 살고 있구나?

더 이상 살기도 싫다.

유서
X까라.
다 X까라고 해라.
마지막이라고 생각한
회사에서도 떨어졌다.
다 끝이다.
그래서 이제 난 죽기로 했다.
그것도 X나 깔끔하고 쿨하게.
죽을 용기가 있으면 살라고 하는
멍청한 X발X끼들.

살 용기가 없으니 죽는 사람한테
그딴 X같은 소리 지껄이지 마라.

나는 이렇게 죽는 것보다
이렇게 계속 사는 게 더 무섭다.

아무것도 바뀔 희망도 없는 이딴 삶은
끝없이 이어지는 고통뿐이니까.

죽음은 그저 그런 내 고통을 끝내줄
하찮은 도구일 뿐이다.

내 생각대로 사는 건 실패했지만,
죽는 건 내 X대로 할 거다.

난 내 죽음을 온전히
통제할 것이다.

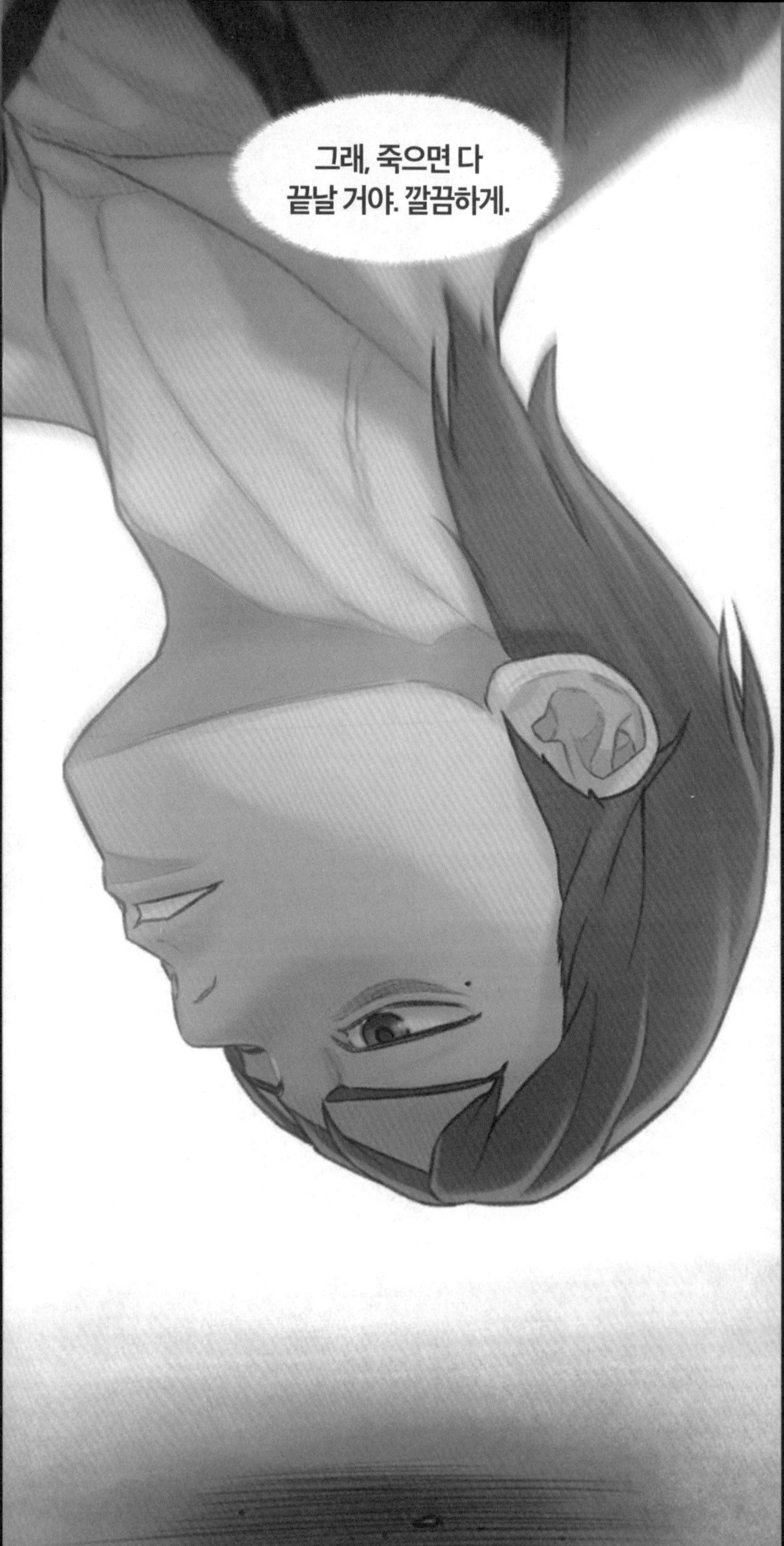

그래, 죽으면 다
끝날 거야. 깔끔하게.

최이재, 죽다.

띵 — 띵 —
방금 좌석벨트
사인이 꺼졌습니다.
지금부터 이동이 가능하며
휴대폰 및…
덜컥!!
허억!!!

뭐…뭐야?
비행기…?
저승은 비행기를
타고 가는 건가?
하늘나라라고 하더니
정말 하늘로…??
그럴 리가…
어?
내 얼굴이 아니잖아?
…죽음은 그저 그런
내 고통을 끝내줄
하찮은 도구일 뿐이다…
화들짝

잘 읽었어.
최이재.
어떻게
내 이름을?
뭐, 뭐야.
이거 내 유서잖아…?
도대체 어떻게 된…
넌 죽었고,
이제 또
죽게 된다.
뭐요?

말했잖아. 넌 죽었어.
날 만난 게 그 증거지.

여기 명함.

DEATH.
DEATH.
죽음…?

그래, 죽음.
네 유서에서 하찮은
도구일 뿐이라고 했던…
그 죽음이 바로 나다.
그리고…

인간 주제에 내 기분을 이렇게 더럽게 만든 건 네가 처음이다.
스윽

화르륵
그 순간-
그 사람의 눈 안에서 타고 있는 불길을 본 순간 나는 느꼈다. 지금 이 사람, 아니…

이 '존재'가 하는 말은 모두 진짜라는 걸.
그래서 넌 벌을 받게 될 거다.

벌…
생명을 소중히 여기지 않아서… 인가요?

아니, 생명이야
어떻게 하든 난 상관없고,
'죽음'을 가볍게 여겼기
때문에 벌을 받는 거다.

특히 너는 나를
하찮은 도구 취급했으니
더더욱 벌을 받아야겠지?

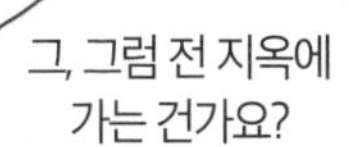
그, 그럼 전 지옥에
가는 건가요?

지옥? 내가 무슨
악마인 줄 알아?
'죽음'이 내리는 벌은,
당연히 '죽음' 아니겠어?

내가 처음에 말했잖아.
넌 또 죽게 될 거라고.
DEATH.

설명은 귀찮으니까
네 유서 뒷면에 써놨어.
그거 읽어.

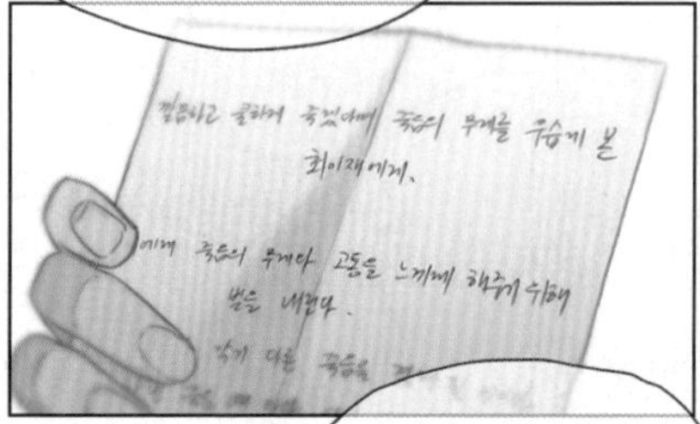

넌 한 번 죽을 때마다 다시 곧 죽음을 겪을 다른 사람의 몸으로 깨어난다.

어떤 몸에서 깨어나든 무조건 죽는다.

그러나 죽음을 피할 수 있다면, 그대로 살아갈 수도 있다.

원래 인생보단
낫지 않나?
네 몸에 두르고
있는 것들 좀 봐.
…?
에르X네질도 X냐…
롤렉X…?
구X…
다 군대에 있을 때
잡지에서나 보던
브랜드들이잖아.
그땐 전역하면
그런 거 다 살 수
있을 줄 알았지…

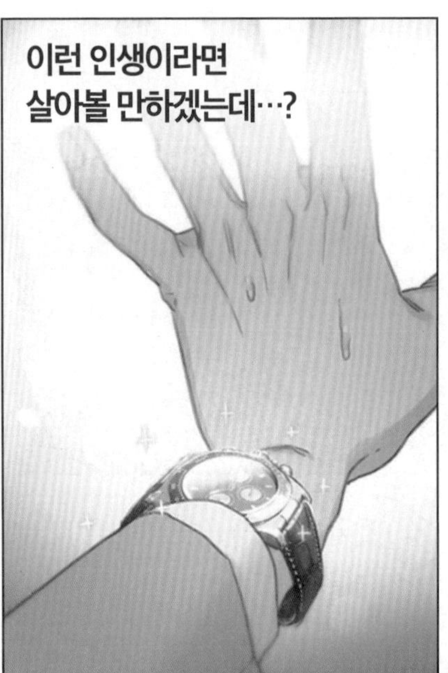

그러나 죽음을
피할 수 있다면,

그러나 죽음을 피할 수 있다면
대로 살아갈 수도 있다.

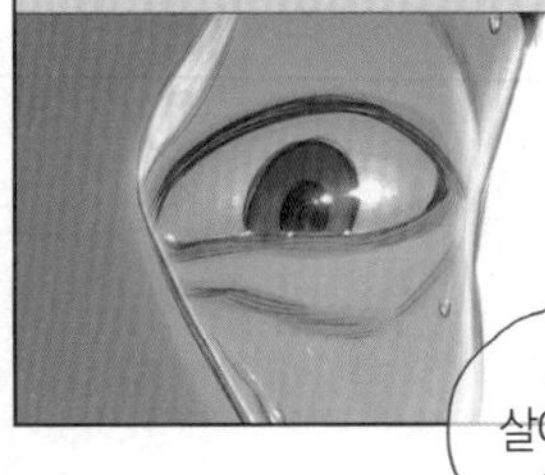

피식

아~ 역시.
인간들은 사실 엄청
긍정적이라니까.

아무튼,
네가 대충 이 '게임'에 대해
이해를 한 것 같으니,
난 이만 가겠어.

한번 확인해보자고.

딱

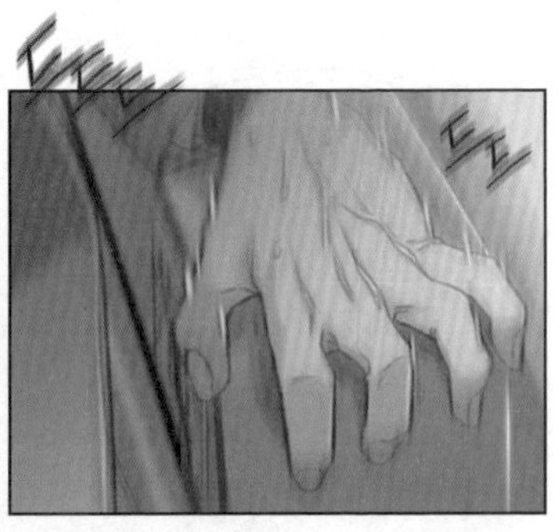

승객 여러분,
현재 기체가 난기류를
만나 심하게 흔들리고
있습니다.

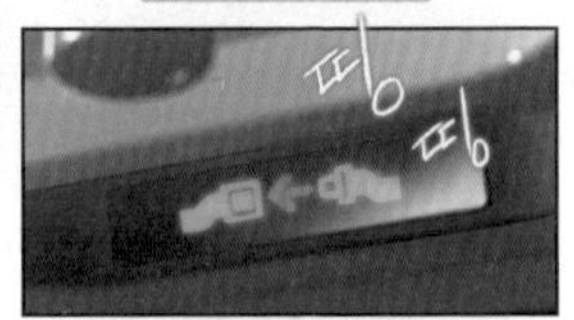

좌석벨트를
매주시고, 자리를
이동하지 말아주시기
바랍니다.

인간에게 가장 고통스러운
죽음은 그가 미리 아는
죽음이다.

- 바킬리데스

Hardest of deaths to
a mortal is the death
he sees ahead.

- Bacchylides

i will die soon

이제 곧 죽습니다

chapter ______ 2

정보 입력을 시작합니다

우르릉
번쩍

어어~!!
이거 뭐야!!

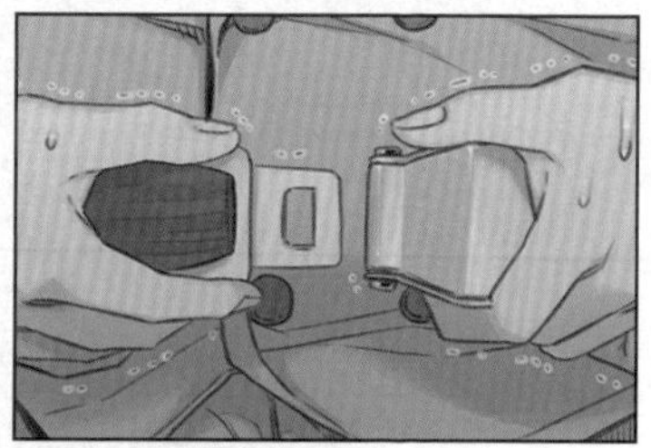

죽는다…!
철컥!

아니, 추락한다.

어떤 꿈에서 깨어나든 무조건 죽는다

그러나 죽음을 피할 수 있다면,

이 비행기는 분명히
추락할 거야!

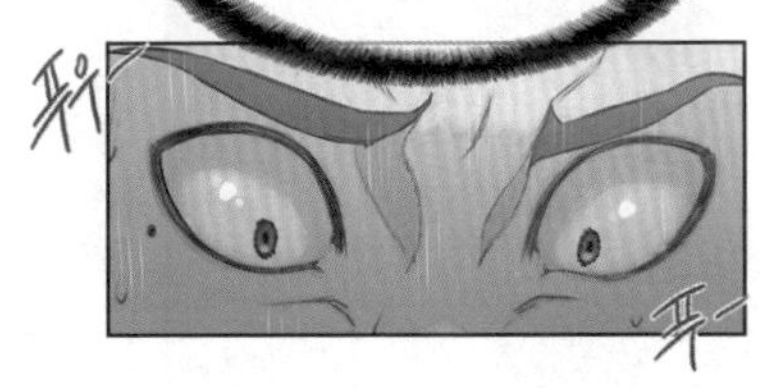

훅!
소, 손님?

손님! 곧 기체가 안정된다니까요!
덜덜

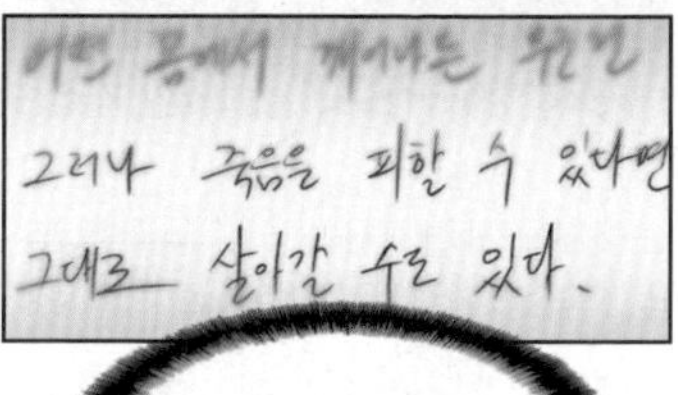
그러나 죽음을 피할 수 있다면
그대로 살아갈 수도 있다.
그래… 살아남으면 돼.

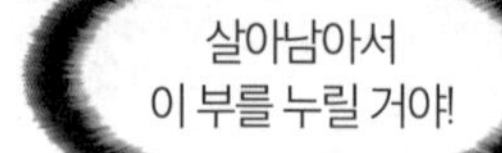
살아남아서
이 부를 누릴 거야!

쏴아—

툭
툭

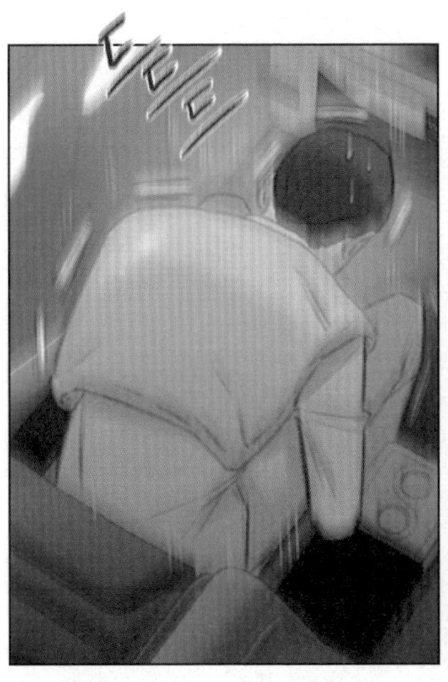
드드드

드드..
......

띵—
똥—
손님 여러분,
방금 좌석벨트 표시등이
꺼졌습니다.
그러나 안전한
비행을 위하여…

어…?
힐끔

!
움찔

그, 그게… 제가
겁이 엄청 많거든요!
어휴 정말 죄송해서…
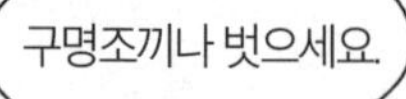
구명조끼나 벗으세요.

네…

살아… 남은 건가?

그럼…
슥

이대로 계속…?

ROLE

야, 이거 어떠냐? 나한테 어울릴 것 같지 않냐?
에~이. 이거 엄청 비싼 브랜드잖습니까~

그게 무슨 상관이야! 전역하고 돈 벌어서 사면 되지!
노력해서 안 되는 건 없다~ 이 말이야!
야, 내가 군대도 버텼는데 그걸 못하겠냐?

풋! 뭡니까 그 자신감?
군대에서 자기계발서 너무 많이 읽으셔서 부작용 오신 거 아닙니까?
뭐? 야, 내가 나가기만 하면!

이런 거 입고!
척!

척!!
GUC
이런 거 신고!

그렇게 될 거야.
두고 봐라!
아~ 알겠습니다.
그런데 최뱀.
문제가 있는데 말입니다.
돈 벌어도 옷걸이는
그대로 아닙니까?
그건 노력으로
안 될 텐데~ 큭큭.

뭐? 나 곧 나간다고
이러기냐? 응?
깔깔
진짜 내마음 몰라
Baby~ my baby~

홱
!!

KBC2
진짜 내 마음 몰라
Baby~ my baby~

이나야~!!

사랑해!!
나랑 결혼하자!!

그 시절의 나는 자신감으로 가득 차 있었다.

진심으로 남성 패션지에나 나오는
비싼 브랜드들을 살 수 있을 만큼은
벌 거라고 자신했었으니까.

그땐 몰랐지.

이렇게 계속 실패만 할 줄은…

화악
둥둥
이거…
나만 보이는 건가??
이게 무슨…
어엇!?
파앗
후욱
우욱

정보 입력을
시작합니다.

이름 박태수.
나이 35세.

할아버지 대에서부터
부자인 진성 금수저.

어릴 적부터 강남 한가운데에서
태어나, 모든 집에서 당연히 한강이
보인다고 생각하며 자랐다.

그와 같은 생각을 가진
동네 친구들과 함께 명문으로 유명한
고등학교를 다니며,

돈으로 할 수 있는 사교육은
다 받았으며 공부했다.

하지만 명문대 진학 실패.

그러나 문제없이
바로 해외 유학.
돈 펑펑 쓰고 놀면서
'견문을 넓히다' 귀국.

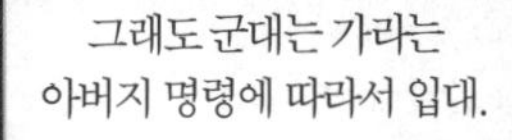
그래도 군대는 가라는
아버지 명령에 따라서 입대.
그런데 아주
'우연히도' 부대 사령관이
아빠 친구였다.

거기다 또 다른 우연으로
인해 선임, 후임도 없이
혼자 책상 앞에 가만히
앉아있는 직책을 부여받아…

'성실히' 군 복무 후 전역했다.

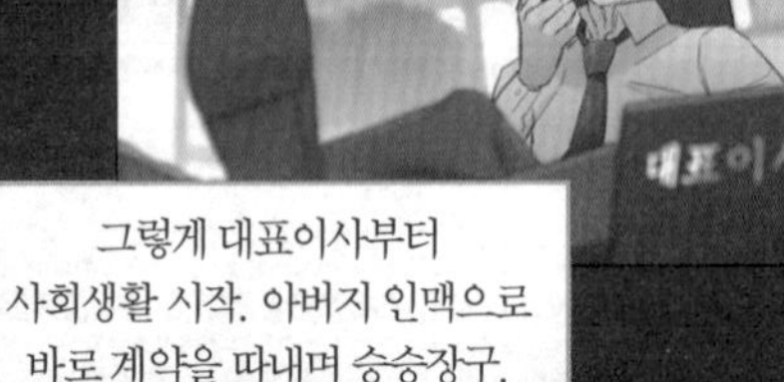
전역했으니 이제 취업을 해야 하는데,
누구 밑에 들어가는 건 폼 안 나니까
집안 돈을 받아서 바로 창업.
대표이사
그렇게 대표이사부터
사회생활 시작. 아버지 인맥으로
바로 계약을 따내며 승승장구.

그는 자신을,
“매일매일 비즈니스에
매진하면서…

♥좋아요 745개

열일하는데 직원이 사진찍어 보내줌.
꿈을 이루기 위해 달리다 보면 내가 남들의
꿈이 되어있을 것이다

#사업가 #비즈니스 #경영 #일상 #daily #소통

이젠 다들 대표이사가 된
동네 친구들과 휴일에도 모여

경영 철학에 대해 논하며…

거기다 사랑하는 여자친구와
연애도 하며 일과 사랑 어느 쪽도
놓치지 않는 멋진 남자…”

…라고 스스로
생각하는 사람이었다.

…이상 정보 입력을 마칩니다.

이나 아니야?
지금은 배우 강인아로
활동하는!?
설마…!
뒤적
!!!
지, 진짜잖아!
하아…
이나야… 사랑했다.
젠장, 있는 놈들이
전부 다 가져가네.
에휴

잠깐….
그럼 이대로 살아가면
스윽
내가 이 사람이랑 연애를
하게 된다는 건가…!?
두근
두근
두근
두근
두근
두근
두근
푸흡♥

최이재, 죽다.

뭐야…?

뭐긴 뭐야.
또 죽은 거지.
움찔
!

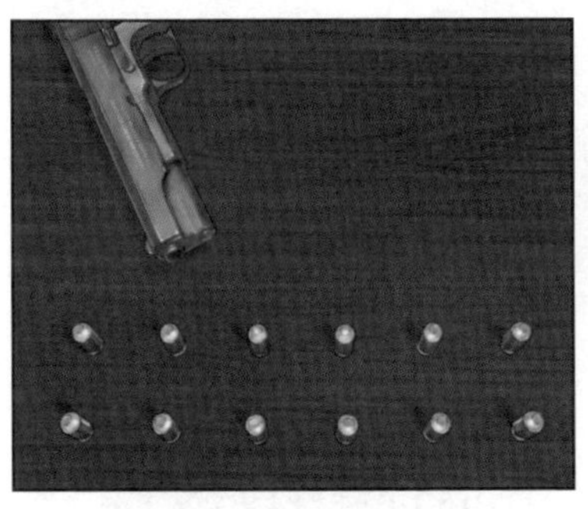
이제 12번 남았네.

그 총알은 뭐죠?

이거?
네 남은 죽음 횟수.
이걸 네 머리에 쏘면,
시작되는 거야.

머리에 총을 쏘면…
보통은 시작하는 게 아니라
끝장나는 거 아닌가?
딸깍

그나저나 여긴…
어딥니까?
설마 저승?
두리번

그냥, 내 공간이야.
저승도 아니고…
딸깍

천국은 더더욱 아니지.

그렇겠죠.
내가 여기 있는 걸 보면…

그런데 그 '정보 입력' 이라는 건 대체 뭡니까?

그건 네가 '부활'한 그 몸의 원래 주인에 대한 정보들이야.
자기 자신이 어떤 사람이 됐는지는 알고 있어야지.

그럼 그 사람은 어떻게 된 거예요?
설마 제가 그 사람 몸을 빼앗은 건 아니죠?

아니, 음…

딸깍
그러니까 인생을 게임으로 비유하자면,
원래 몸의 주인은 게임을 세이브 없이, 엔딩까지 쭉 보고 끝난 거야.
딸깍

딸칵

철컥

넌 그 게임을 엔딩 직전의 세이브 포인트부터 시작하는 거고.

게임…
그래, 너의 노력에 따라 다른 버전의 엔딩을 볼 수도 있지.

가령, 네가 계속
살아남는다든지.
정말 내가 살아남는 엔딩이
가능하긴 한 겁니까?
내 노력에 따라서?

움찔

폭발하는 비행기에서
내가 무슨 노력을 어떻게 해야
살아남는데요?
예!?

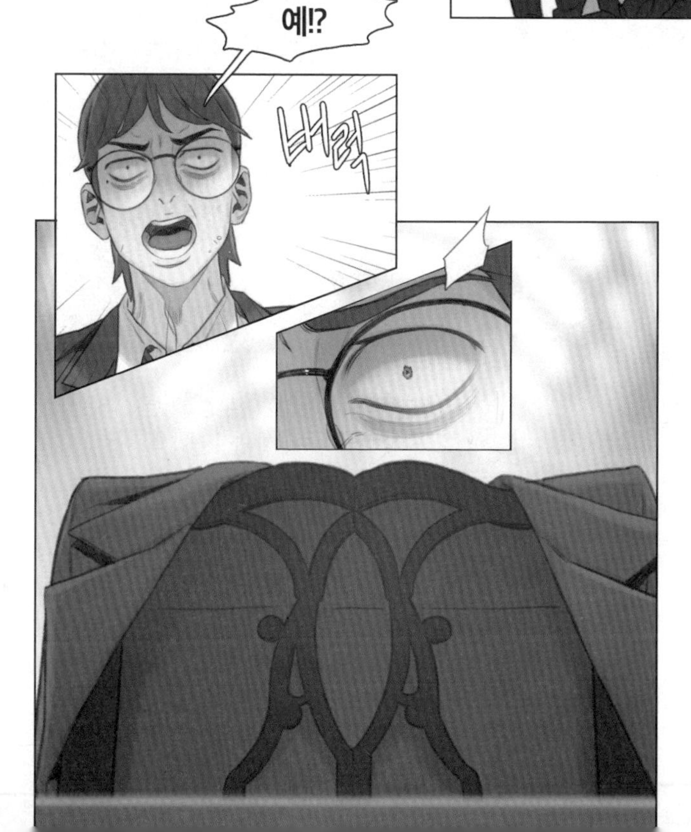
버럭

그거야 네가
알아서 하는 거지.
툭
!?
힐끔..
덜덜
그, 그렇지만…

이건 널 위한 보너스
같은 게 아니라…
철컥
죽음이 얼마나 무겁고 고통스러운지
느끼게 하기 위한 벌이야.

확실히 말해줄게.
네가 살아남는 엔딩은
분명히 가능하다.

!

자 그럼 나를 믿고,

두 번째 판을
시작해 볼까?

자, 잠깐…!!

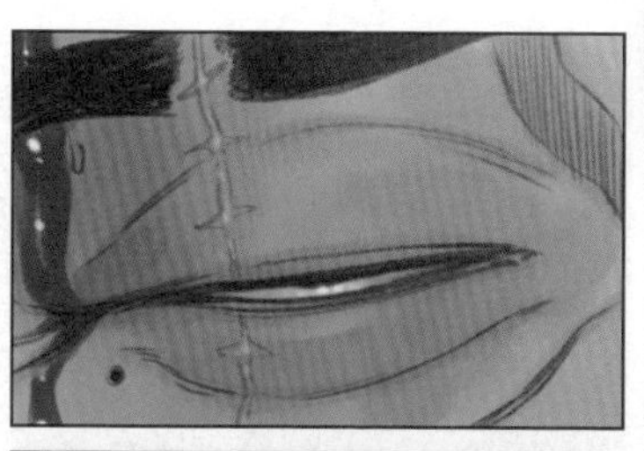

끔뻑

힐끔

으으…
왜 벌써 아프지…?

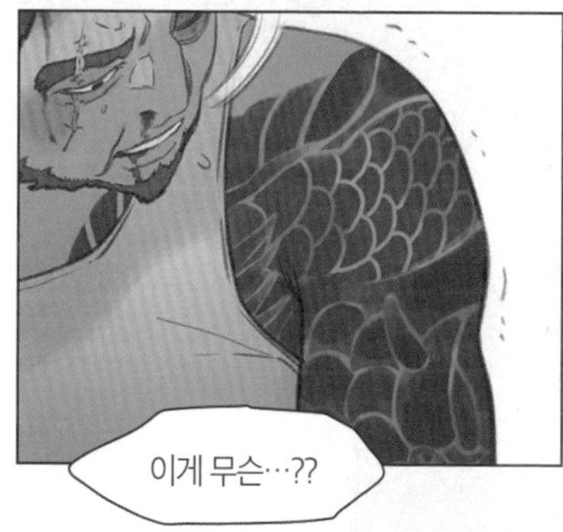
이게 무슨…??

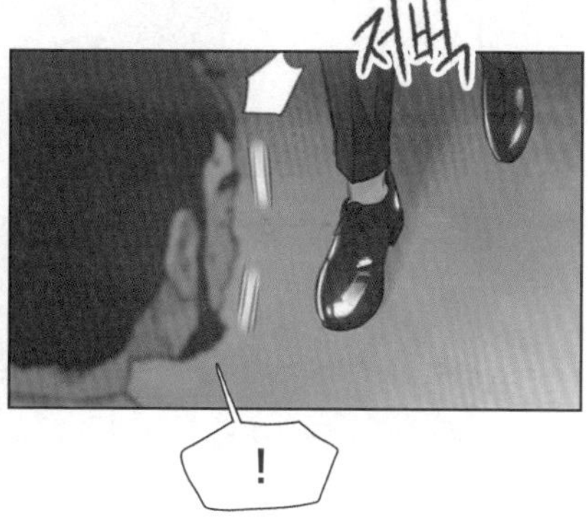
저벅
!

정신이 들었나?
자 그럼…

배신자,
마지막으로
할 말은?

어…

최이재, 죽다.

i will die soon

이제 곧 죽습니다

chapter 3

지옥 같은 학교생활

벌떡

헉
헉

빠
직
욱신

이런 씨…
비틀

영생?
그렇게 되나 보자.
특이점이 오면
영생의 길이 열린다
힐끔
벌써 왔네.
드르륵
철컥
움찔
그럼 다음 죽음으로
넘어갈까?
잠깐! 잠깐!
얘기 좀 합시다!

무슨 얘기?

믿으라면서,
믿으라더니 어떻게 눈 뜨자마자 바로 죽어?

그 정보 입력인지 뭔지도 못 받고 죽었다고!
그것도 머리가 박살나서!

특이점이 오면 영생의 길이 열린다
!?

특이점이 오면 영생의 길이 열린다

아으윽…

반말하지 마.
텁

아, 알겠습니다…

그렇게 죽는 게
열이 받아?
근데 넌 왜
스스로 죽었지?
!!

…실패했으니까요.

취업도 못하고,
몇 푼 안 남은 돈도 날리고,
하아…
사랑하던 여자도 떠나고…

그래서 자존심 상하고,
자괴감이 들어서
죽었습니다.
자존심 상하고,
자괴감 들어서,
자살?
확
정말 자기 자신밖에
모르는 놈이군.

하아…

그럼 자기한테
자신이 제일 중요하지
대체 뭐가… 악!

철컥

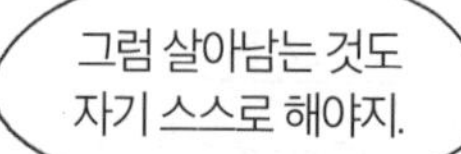
그럼 살아남는 것도
자기 스스로 해야지.

자신이 알아서 버티라고.
끼릭

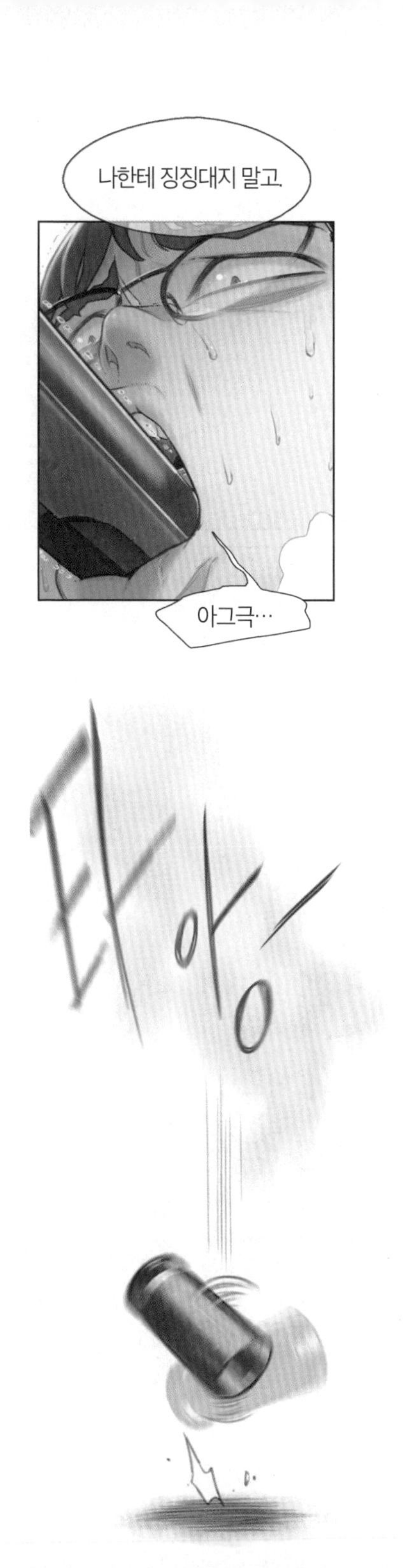
나한테 징징대지 말고.
아그극…
티앙

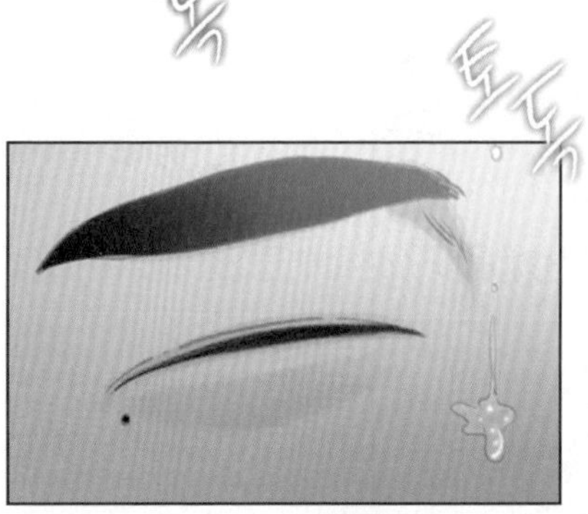
톡
토도독

주르륵..

콸콸
우유…?

우유 좀 먹어~
성장기니까 챙겨 먹어야
키 큰다~
ㅋㅋㅋㅋ
X나빴다~
주르륵
톡톡
야야 사진찍어
ㅋㅋㅋㅋ

학생들…?
찰칵
찰칵
괴롭힘당하는 학생으로
부활한 건가?
뭐야 이거,
집단 괴롭힘이야?
혁진아.
어?
그게 내 이름인가?
커억!?

그러게 돈을
가져왔어야지…

캑캑

너 때문에
오늘 우리의 방과 후 계획이
다 틀어졌잖아. 응?

너 때문에 다섯 명이
피해를 봤다고.

정신 차리자.
알았지?
……
타탁
탁탁

팍

톡

젠장… 일진한테
괴롭힘 당하는 중딩이라니…
그나마 버텨 보라는 건가?

톡

봉긋

어…?

정보 입력을 시작합니다.

이름 권혁진.
나이 15세.
학교 다니는 게 제일 힘든 불쌍한 중학생.

물려받은 재산도, 대단한 능력도 없지만,
그래도 열심히 일해서 자식 대학 공부까지 마치게 하는 게 목표인 성실한 아버지와,

남편하고 아들 어디 가서 꿀리진 않았으면 좋겠다는 마음으로
알바든 부업이든 가리지 않고 열심히 해서 집안 남자들 용돈 한 푼이라도 더 주려고 하는 어머니.

그런 맞벌이 가정에서 외동아들로 태어났다.

유치원 때 여자애들한테 인기가 많았으며…

그게 마지막이었다.

초등학생 때부터 여학생들과는
말도 못 섞어봤지만,
남자인 친구들과 몰려다니며
즐거운 초등학교 생활을 했다.
문제는, 중학생 때부터였다.

초등학교 때까진 장점이었던
남을 배려하는 조심스러운 성격이
중학교 교실에선
약점이 되어버렸다.

중학교 교실엔
더 이기적이고 잔인한 성격을
마치 강점이라도 되는 듯
내세우는 아이들이
있었기 때문이었다.

그렇게 약점을 가졌으니
자연스레 강점을 가진 놈들의
표적이 된 그에게
금품 갈취 그리고 정신적 학대와
육체적 폭력이 이어졌다.

그렇게, 학교생활은
지옥같이 변했다.

지옥 같은 학교생활이 계속되자
그는 혼란스러워졌다.

'저들이 악마여서 교실이
지옥이 된 걸까? 아니면…

내가 무슨 잘못을 해서
지옥에 떨어진 게 아닐까?

그렇게 점점 자신을
더 미워하기 시작하는
중학생이었다.

…이상 정보 입력을 마칩니다.

하아… X같네.
당연히 그놈들이
악마인 거지.

끄적 끄적
…그 놈들 때문에
내가 죽게 되는 건가?
뉴스 같은 데서 본 것처럼?
젠장…

음, 중학생이라 그런가?
겁나 쉽네.
펄럭

두근

명문대 합격!?

공부 슬슬해서 내신관리하고, 고등학교 때 빡공해서 수능을 다시 보면…

아니…
이번엔 성공한다.

스윽

너…
뭐하냐?

고아아아아아아!!!!!
야, 저 새끼 왜 저래??
미친 거 아냐??

그럼 살아남는 것도
자기 스스로 해야지.
자신이 알아서 버티라고.

그래,
알아서 버텨봐야겠네.
난 살아야겠으니까.

부들 부들
ㄲㅇㅇ...
넌 네가 대단한 것 같지?

그런데 말이야.
스윽
움찔!

놀랍게도 세상엔…
너보다 X같은 것들이
훨씬 더 많거든.

빠악

i will die soon

이제곧 죽습니다

chapter ______ 4

맞는 것보다 더 힘든 건…

후욱
후욱

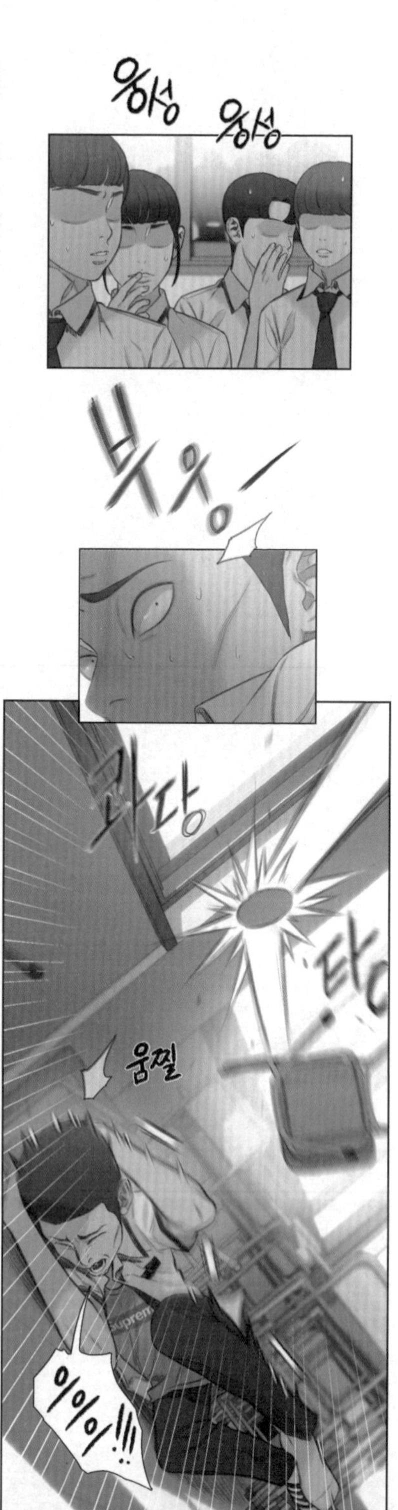
웅성 웅성
부웅-
콰당
탕
움찔
이이이!!!

앞으로 나 건드리지 마라.
알았냐? 한…준성?
뭐야, 분명 이놈 이름 몰랐는데
부르려고 하니까 생각나네?
뭐야?
설마 쟤가 이긴 거야?
야!!
원래 생에선 서른 넘게 살다가
죽었으니, 일진이든 뭐든
내 눈엔 그냥 중딩
애X끼들로밖엔 안 보인다.
빠득

너 지금 뭐하냐?
피식-
타닥!
니가 뭔 상관이야!!
텁

ㄲㅇㅇ…

저벅

저벅
뭐야, 이놈 힘이
장난이 아니잖아!

저벅

어…
배… 백현수? 잠깐만…

갑자기 이름은 왜 불러?
내가 니 친구냐!?

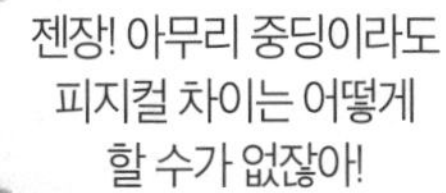
젠장! 아무리 중딩이라도
피지컬 차이는 어떻게
할 수가 없잖아!

야, 가서 준성이 데려와.
끄덕

하아
하아

이 개X끼야!
커억!

비겁하게 방심했을 때
공격해?
그것도 의자로?
이런 야비한 X끼!
빡
그래! 기습에 도구까지
썼으면 개비겁한 거지!
안 그러냐? 어!?
움찔
수군
그, 그런가?
좀…
그런 것 같기도…

이런 X발!
내가 비겁해?
내가?
그럼 이렇게
여럿이서 나 하나 붙잡고
패는 건 괜찮냐?
어!? 이건
안 비겁하냐고!!
이 X끼가 진짜…
뒤X라고…

야, 그만해.
수업시간 다 됐어.

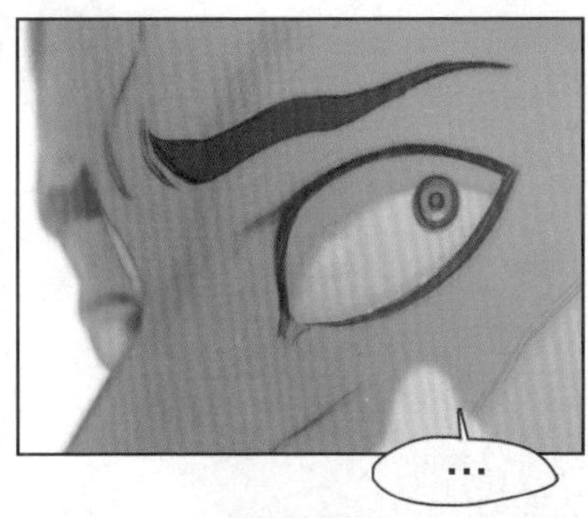
…

슥

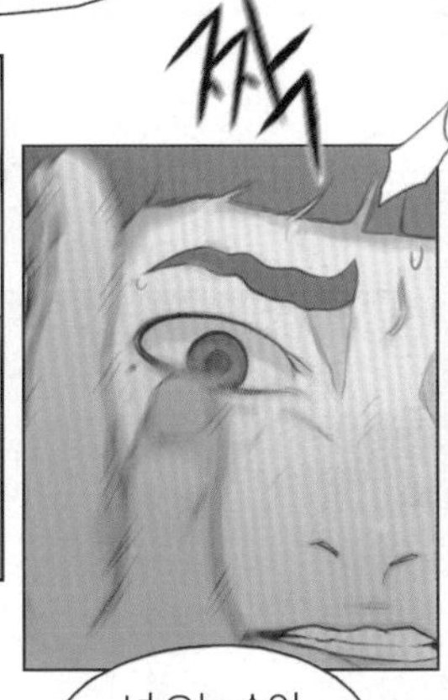
넌 오늘 수업
다 끝나면 죽었어.

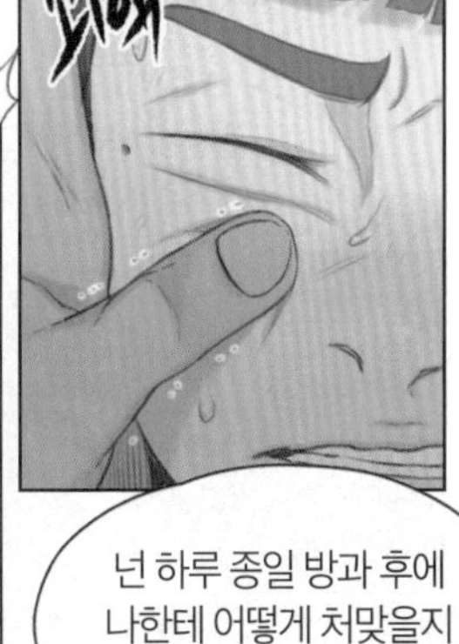
꽈악
넌 하루 종일 방과 후에
나한테 어떻게 처맞을지
생각하면서 보내는 거야.

알아들었냐?

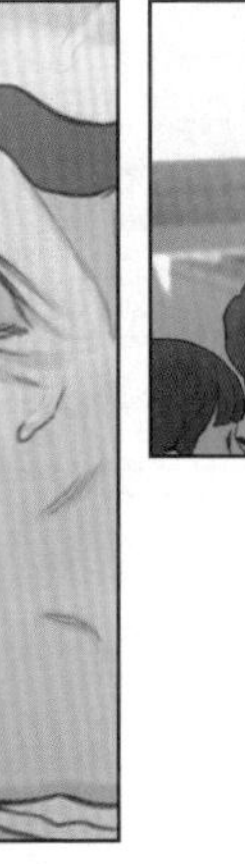
……

젠장. 그 자식 혼자면
상관없는데…
그 두 놈까지 같이 덤비면
어떻게 할 수가 없잖아.

특히 덩치 큰 놈…
백현수!
피지컬 차이는
어떻게 할 수가 없어…

하아, 선생한테
말해야 하나?

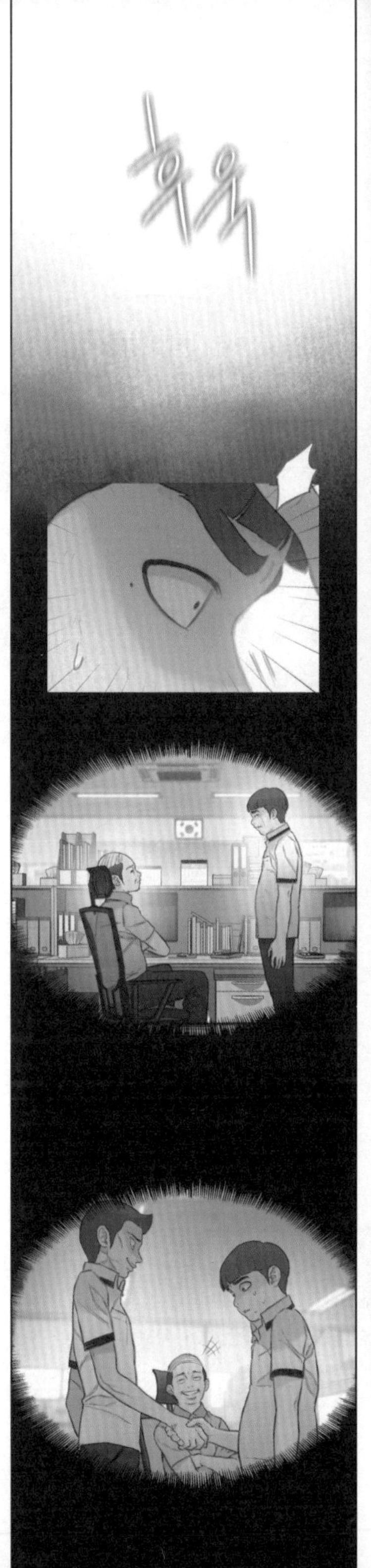
후욱

후욱
뭐야 이건…
원래 몸 주인의 기억?

아… 하긴,
그렇게 해결될 리가 없지.

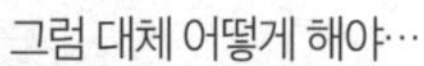

열받게도, 종일 방과 후에
어떻게 맞을지 생각이나 하라는
그놈의 말은 적중하고 말았다.

그렇게 걱정하다 보니 어느새…

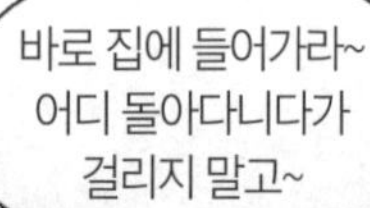

툭

어떻게 맞을지
생각 많이 해놨냐?

…녀석들에게 붙잡히는
순간이 오고 말았다.

이 씨XX아.
너 진짜 돌았냐?
아주 도망 못 다니게
다리뼈를 부숴줄까?
어?

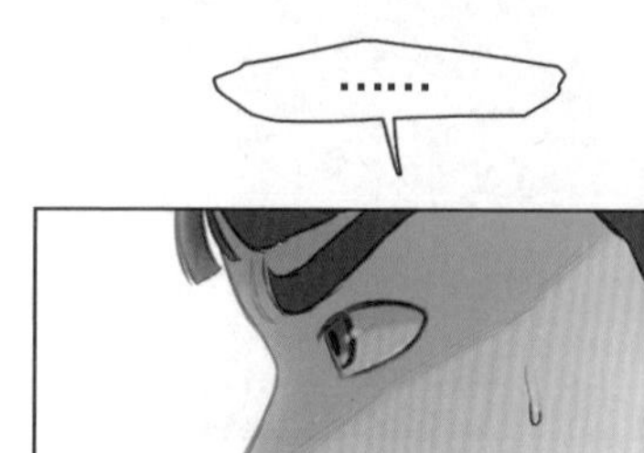
……
웃기고 있네. 그 힘으로 뼈를 부수긴…

저 뒤에 저놈만 없었어도 이딴 놈은 그냥 들이받아 버리면 되는데!

드르륵—
야, 한준성. 뭐해?

어? 박민지!
잠깐만 나 지금 이 X끼 혼구멍을 좀 내야 되거든? 조금만 있어봐.

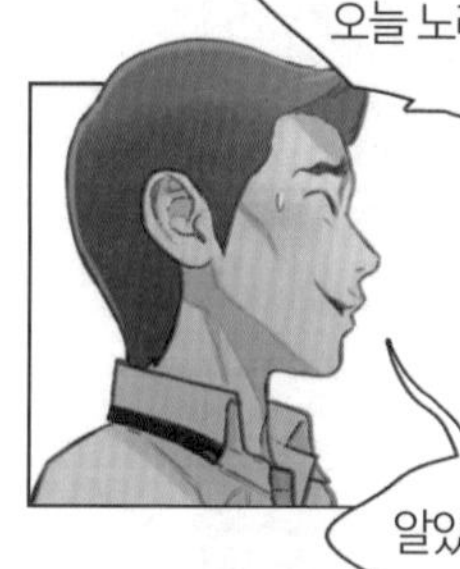
아~ 그만해~! 애들 다 기다린다고! 오늘 노래방 가기로 했잖아.
알았어. 갈게, 갈게.

힐끔

컥!?

넌 내일 죽었어.

휴… 일단 저 박민지인지 뭔지 덕분에 살았네.

잠깐, 설마 날 도와주려고 일부러 그런 건가…?

뭐야?
X신 같은 게.

그래, 본성은 착한
일진 여학생 같은 게
현실에
있을 리가 없지…
HOLLSY

터벅
터벅
그나저나 이 녀석 집에 가는
길을 내가 알 리가 없는데 다리가
알아서 움직이네.

필요할 때마다 기억이
자동으로 동기화되는 건가?

빠아

설마… 설마
이렇게 죽는 거야?
학교에서 그 난리를 쳤는데
사인(死因)이 교통사고라고!?

끼이익

죽고 싶어서 환장했어!?
앞을 보고 다녀야지, 앞을!!
화들짝
죄, 죄송합니다!!

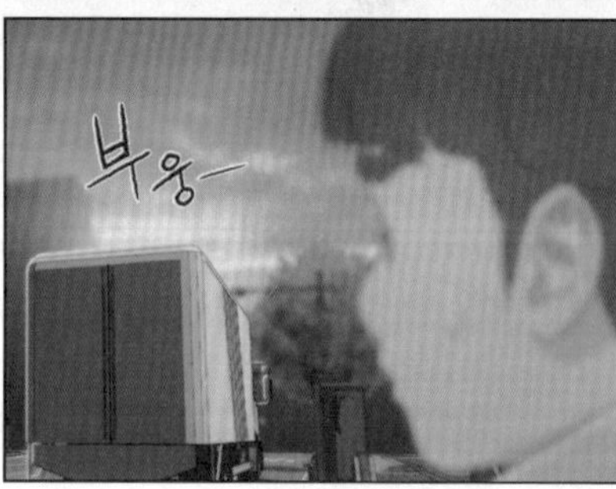
부웅—

일단 트럭에 치어
죽는 건 아니었네.
휴..

그럼 이번 생의
사인은 뭐지?
대체 이 어린 중학생이
몸이 아픈 것도 아니고,
터벅
터벅

사고사도 아니면…
왜 죽는 거야?

삑 삑
삑

띠리리~
기분이 이상하네.
모르는 집에 이렇게
자연스럽게 들어가는 게…

평범하군.

뭐, 일단 이번 생은
금수저는 아니네.

툭

두리번

여기가 내 방인가…

그놈들에게 돈을 빼앗기는 것보다
더 힘든 건 그 돈을 받아내기 위해
엄마 아빠에게 거짓말을 하는 거다.

그놈들에게 돈을 빼앗기는 것보다 더 힘든건 그 돈을
받아내기위해 엄마 아빠에게 거짓말을 하는 거다.
너무 죄송스럽다. 죄송스러워서 더 거짓말을
하게 되는 내 자신이 싫어진다.

너무 죄송스럽다.
죄송스러워서 더 거짓말을 하게 되는
내 자신이 싫어진다…

일기인가?

펄럭
괴롭다. 힘들다…
이런 이야기만 잔뜩이야.
펄럭

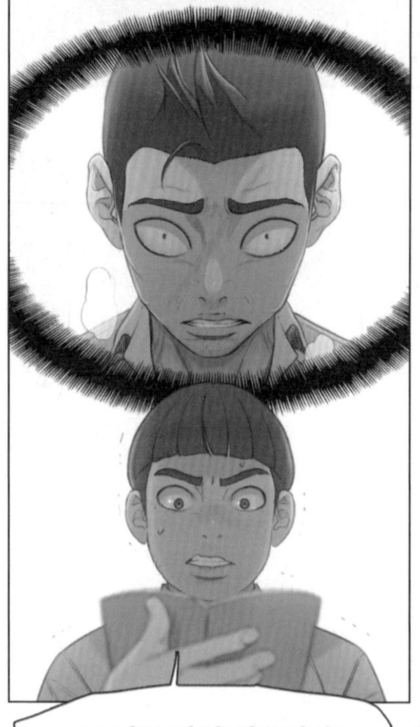

그 나쁜 자식 때문이야!

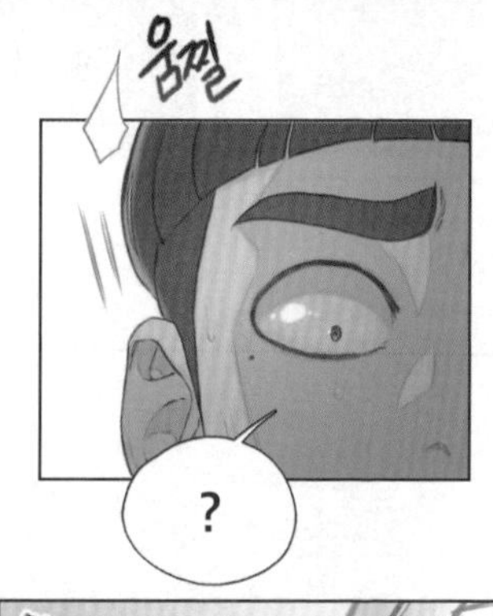
움찔
?

펄럭

이건… 설마…
휙

그럼 이번 생의 사인은

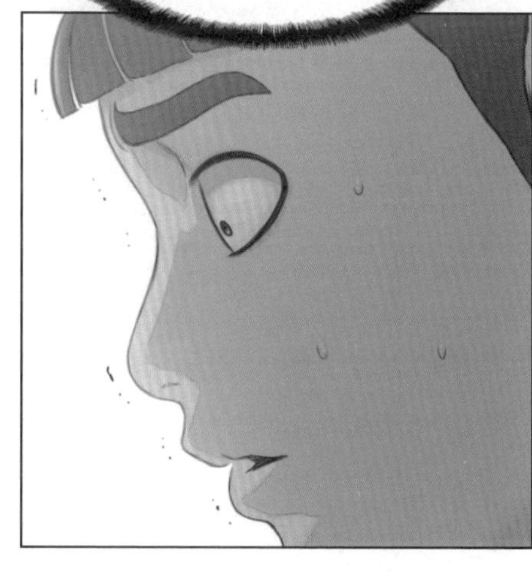

자기 스스로…?

i will die soon

이제 곧 죽습니다

chapter_______5

이이제이以夷制夷 전략

내가 다섯 살 때
아빠가 돌아가시고 나서 쭉
엄마 혼자 날 키우셨으니…

하하… 하…

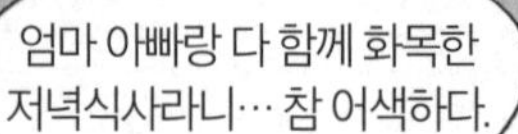
엄마 아빠랑 다 함께 화목한
저녁식사라니… 참 어색하다.

냉장고에 찌개 넣어놨으니
한번 끓여서 먹으렴.
사랑한다. 우리아들.

톡

밥 안 먹고
무슨 생각해?
많이 먹어~
우리 아들.

… 우리 아들.

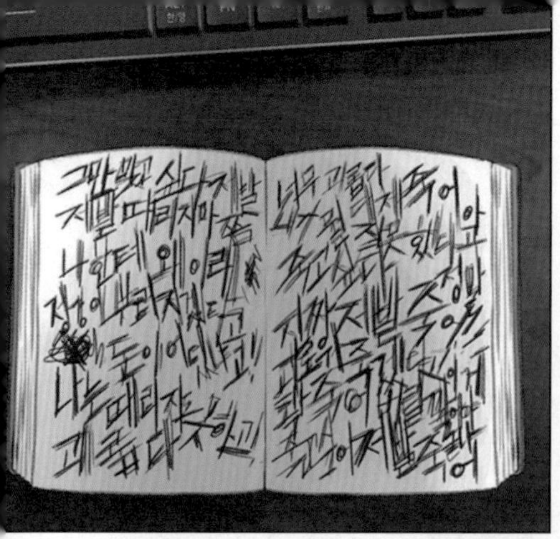

그리고 엄마도 아무것도
모르고 있었다는 것도.

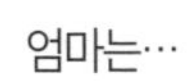

그리고 어차피 나 같은 놈은
살아있을 때도 도움이 안 됐었잖아.

그러니까…

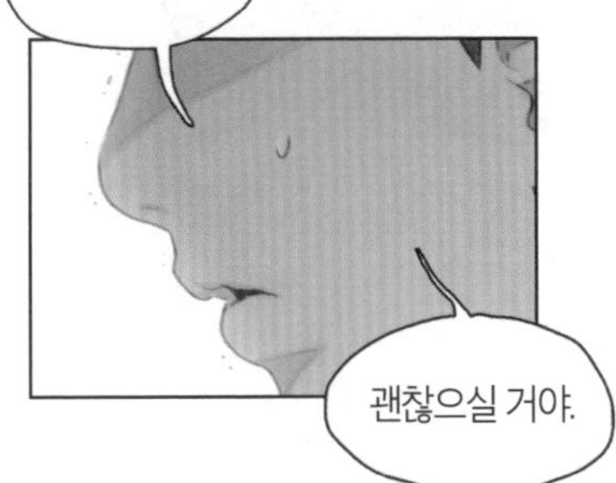

끼익

그래, 그 생은 이미 끝났어.
내가 집중해야 하는 건 이번 생이야.

혁진이에겐 미안하지만
나에겐 차라리 다행이야.

사인이 자기 자신이라면
내 의지만으로 완벽하게
피할 수 있는 죽음이니까.

대신…
꾸깃

널 죽고 싶게
만든 그 놈은
내가 확실히
뭉개주마.

야, 솔직히…
어제 권혁진이 이긴 거
아니었냐?
소곤

아무리 걔가 의자를
들고 덤볐다고 해도…

넌 내일 죽었어.
그 자식 왔나…?
힐끔
내일이 오늘이 돼버렸네. 젠장.
야, 아까 뭐라고 했냐?
다시 말해봐. 어!?
콱
컥컥… 미안… 해…
준성아.
그 정도면 알아들었을…

확
놔!!

뭔데 이래라저래라냐?
너도 나 무시하냐?

그게 아니라…
쫙

!!

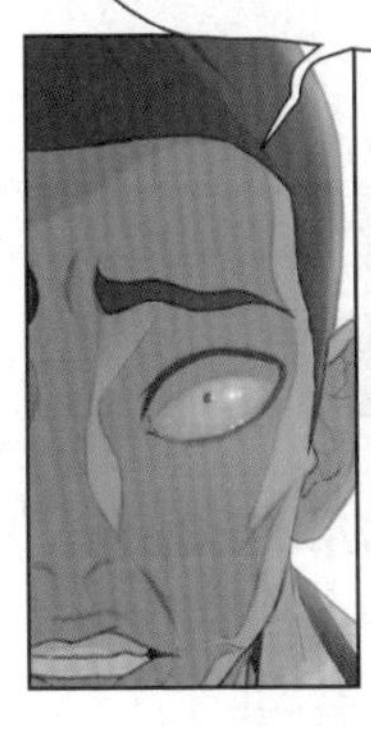
정신 차리자. 현수야. 응?

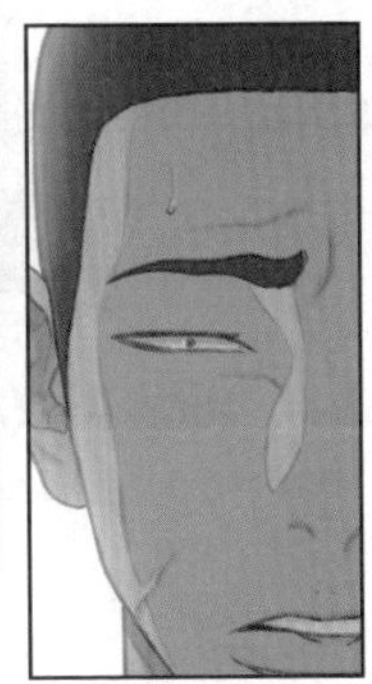

푹
…미안하다.

도대체 뭐야…?
분명히 피지컬으로나
싸움 실력으로나 백현수가
무조건 이기는데?

대체 왜…?

야! 권혁진!
뭐해! 저 X끼나 잡아와!
빨리!

이런 씨…!

자~ 강냉이 털린다.
이 꽉 깨물어라.
붕

그러면서
배에다 갈겨버리기~!
퍽
커어억!

이번엔 배로 간다.
힘 꽉 줘라.
덜덜

…라고 하면서
정말인지 아닌지
의심할 때…
진짜 갈겨버리기~
빡
억

크으윽…
이런 X 같은…
절레
아~ 제대로
안 들어갔네.

버럭
야!
똑바로 안 잡아!?

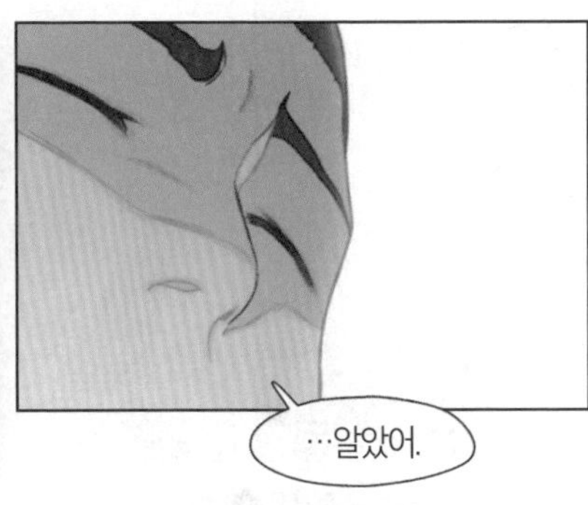
…알았어.

꽉

빠득…
아무래도 지금 기분이
더러운 게 나 혼자만은 아닌 것
같은데…?

적의 적은 나의 친구…는
아니라도 아군이 될 수도 있어.

끄적
아니, 어떻게든
아군으로 만들어야 해.

힐끔
흠… 그래도 내가 이전 생에서
30년 동안 살았던 짬밥이 있는데,

중딩 정도는
회유할 수 있겠지…?

선생님. 화장실 좀 다녀오겠습니다.
어, 그래. 다녀와라.

탁

선생님, 저도 화장실 좀…
일단 저놈이 한준성을 진짜로 어떻게 생각하는지 알아내야 해.

쏴아-
끼익

백현수. 내가 물어보고 싶은 게 있는데 말이야.
슥
!

너, 한준성이랑
1:1로 싸우면 이겨?
이 X끼가 갑자기 와서
무슨 개소리야… 돌았나.

뭐냐, 너?

내가 최근에 너랑 한준성
둘 다한테 맞아봤잖아.
그런데 네가 한준성보다
정말 훨씬 세더라고.
싸아—
피지컬도 그렇고,
기술도 그렇고…

뭐냐? 하도 처 맞다보니까
구타 소믈리에라도 됐어?
별 미친…
끼익

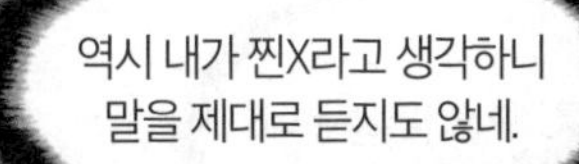
역시 내가 찐X라고 생각하니
말을 제대로 듣지도 않네.

크흠
그럼 살짝 긁어볼까?

그런데 왜 그 놈이 대장질을
하는 건지 이해가 안 가.
네가 한준성한테
싸대기 처 맞고도
쫄아서 가만히 있는 것도
이해가 안 가고.

뭐?

이 X끼가 X발 진짜 미쳤나!
쫄긴 누가 쫄아!!

효… 효과가 너무 좋은데? 역시 중딩은 중딩이야.
이… 이제야 날 쳐다보네.

내, 내가 하고 싶은 말은 너처럼 센 놈이 왜 대장이 아니냐는 거야.
응?

……

확
쿵!!

왜 내가 맞고도 가만히 있는지,
왜 그 X끼가 대장질을 하는 건지?

하…
X발 나도 너 같은 X끼한테도
처맞는 놈이 저러고 있는 게
어이가 없거든?

!
벌컥
좋아…!
드디어 본심이 나온다!
!!
…니들 여기서 뭐하냐?

이런 씨…!
본심이 아니라…
본인이
나와버렸잖아?

i will die soon
ENCI
MODE

이제 곧 죽습니다

chapter 6

도발하다

니들 여기서 뭐하냐?

호, 혹시
내가 하는 얘기 들었나?

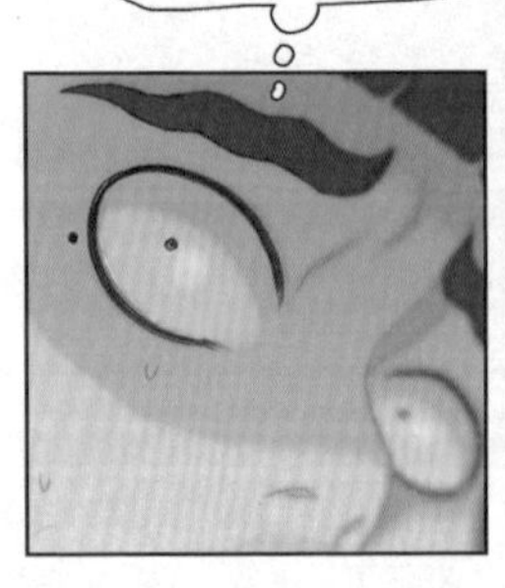

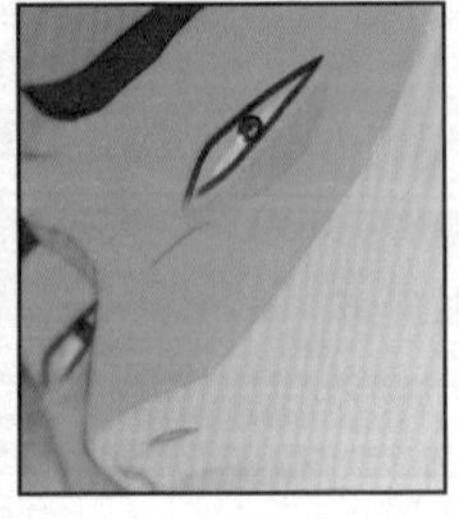

빠억
!!?

몰라, 똥 싸고
나왔더니 있던데?
그래서 깝치지 말라고
교육 좀 시켰어.

피식
그래? 잘했네.

아이 씨,
똥 마려워서 잠 깼네.
후… 넘어갔네.

아, 현수야.
어?

아까 맞은 데 아팠지?

어… 어.

히죽
그러니까 잘 좀 하자.
현수야. 응?

…응.
잘할게.

빡쳤나…
하긴 그럴 만하지.

멈칫

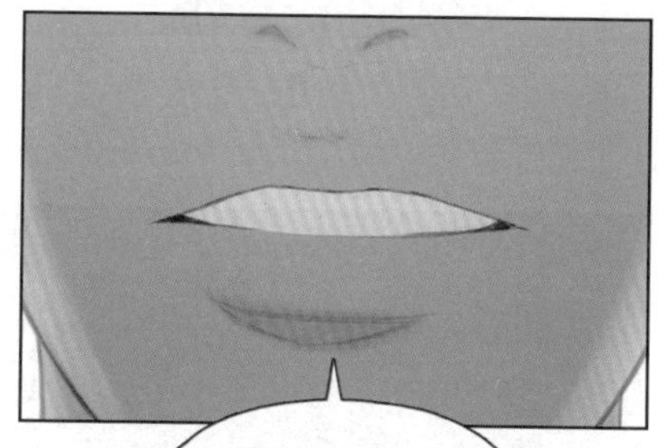
아까 나한테 저 X끼랑 1:1로 붙으면 이기냐고 물었지?

응? 그, 그랬지.

내가 당연히 이기지.
한 손은 주머니에 꽂고도 이겨.

그런데 저 X끼하곤 1:1이 성립이 안 돼.
왜인지 알아?

저 X끼를 건드리는 순간
달려올 '빽'이 있거든.
그것도 X나 센.

…!!

끙…

쭉

쭉

성장판 열려 있을 때
열심히 늘려놔야지…
이번 생엔 키도 키워보자.

그나저나…

이놈이
한준성 빽이라는 건가?

그런데
이 녀석 중학생 맞아?

개 무섭게 생겼네.

성협 선배는
우리 학교 3학년 일진 중에서도
제일 센 사람이야.

우리 학교뿐 아니라 이 근처
중학교 전체 통틀어서도 손에
꼽을 정도지.

그런데 한준성 저 X끼랑
그 선배가 어릴 때부터 친했대.
뭐라더라, 초등학교 때 같은
태권도장을 다녔다고 했나…

한준성은 그 선배를 등에 업고
1학년 때부터 왕 노릇을 한 거야.

자기는
개 약한 주제에…
빠득

아무튼 그래서 내가
그 X끼를 못 건드리는 거야.
그랬다간 그 선배가
날 박살내버릴 테니까…

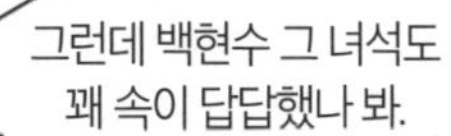
그런데 백현수 그 녀석도
꽤 속이 답답했나 봐.

'찐X'라고 생각하는 나한테까지
얘기를 털어놓은 거 보면.

흠… 방법을
생각해보자…
중학생 레벨에
맞는 그런 방법…!

그리고 다음 날. 점심시간

요즘 급식 참
실하게 잘 나오네.

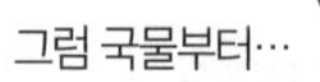
그럼 국물부터…

호로록

빠악
!?

맛있어?
얼마나 맛있으면 아주
코를 박고 먹네. 응?

웅성
웅성
이 X끼…
다른 애들 앞에서 기강 좀
잡아보겠다 이거구나.
슥

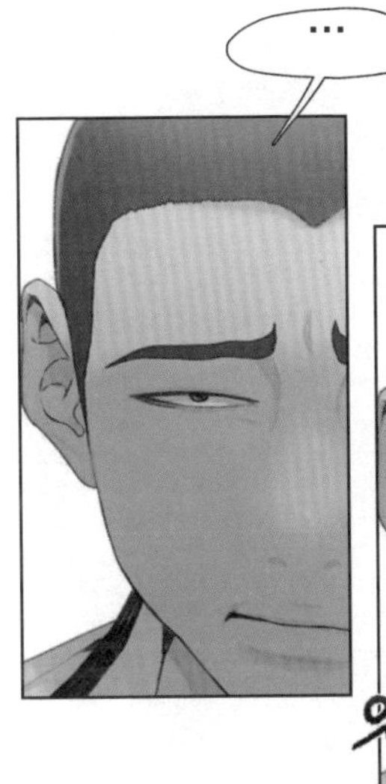
…

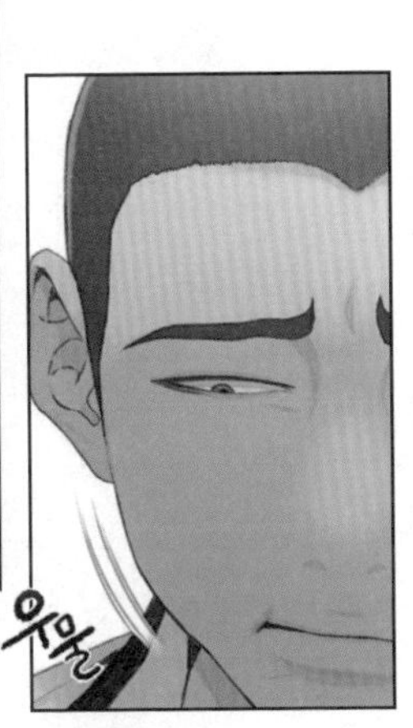
우물

그럼 마저 먹어라.
난 간다~
X신 X끼…

툭툭
야.

뭐야…
주륵

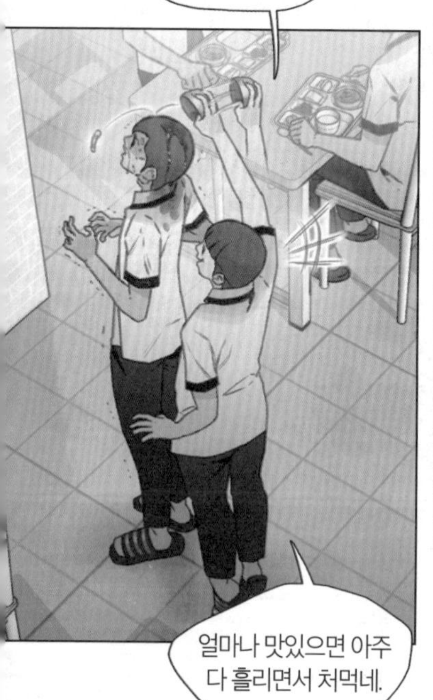
맛있냐?
얼마나 맛있으면 아주
다 흘리면서 처먹네.

!!?

턱
마저 먹어라.
타탓
난 간다!
덜덜
헐...
끄으으...
스윽

이… 이…
빠드득

X발!!
탕

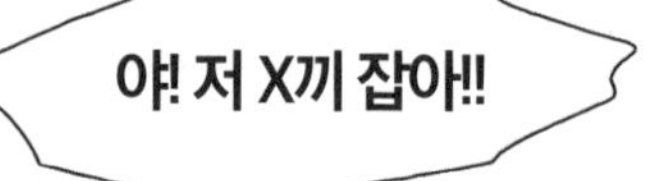
야! 저 X끼 잡아!!

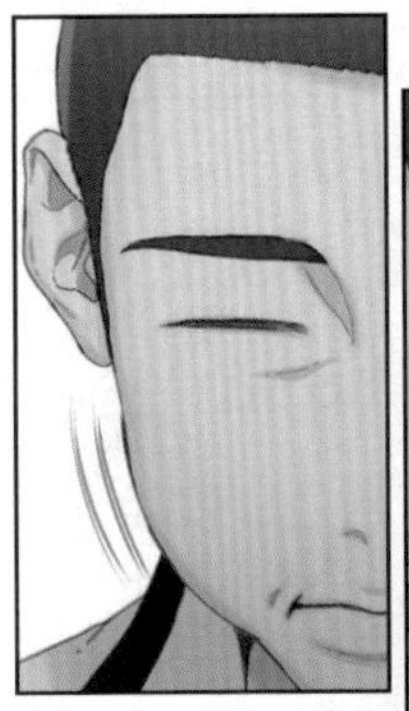

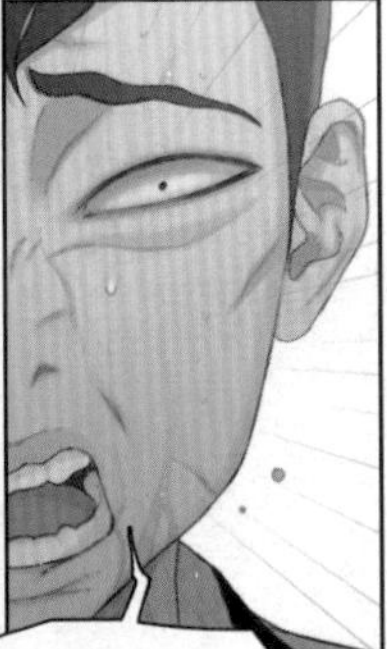
뭐해!
저 X끼 잡으라고!

야, 이제 앉았는데 지금 저놈 쫓아가면 밥은 언제 먹어?

야, 너도 밥 먹어.
어? 어…

너 이 X끼 지금 대체…?
넌 가서 씻어야 될 거 같은데. 옷도 좀 갈아입고.

웅성
아, 시끄러워
그러게..
풉..
뭐야..
웅성

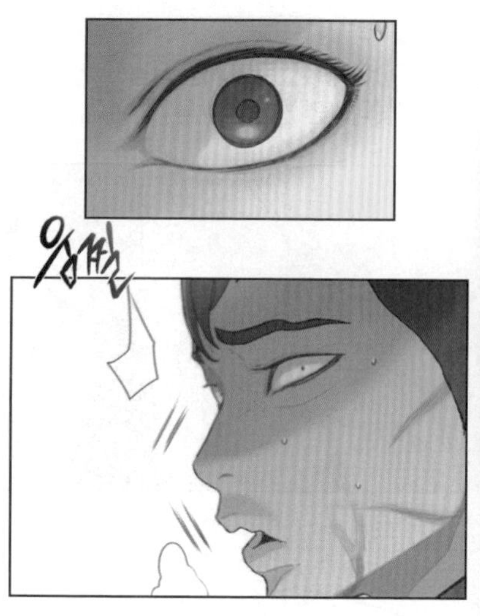
움찔

이런…
부들
부들
X… 발!!

오늘 아침.
뭐냐 너?
어제 말 좀 섞었다고
친구라도 된 줄 알아?
그냥 단도직입적으로
말할게.
너, 한준성
재껴버리고 싶지?
그럼 그냥
가만히 있어.
너도 알잖아?
일진은 '가오'가 생명인 거.
내가 한준성 가오 다
무너뜨려줄게.
대신 내가 한준성한테
무슨 짓을 하던 넌 나서지 말라고.
뭐?

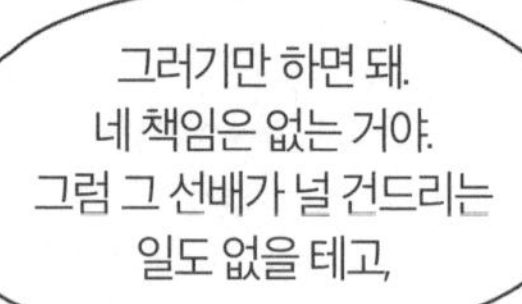
그러기만 하면 돼.
네 책임은 없는 거야.
그럼 그 선배가 널 건드리는
일도 없을 테고,

어차피 넌 손해
보는 거 없잖아?
……

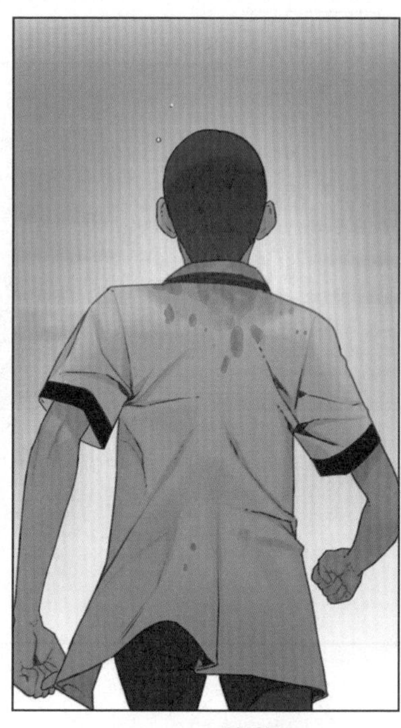

한준성 저놈 분명히
그 선배한테 찾아갈 텐데.

그런데 대체 뭘
어쩔 생각이지…?

이제 곧 죽습니다

chapter_______7

폼생폼사

오늘의 축구
제 경기 레알루 지려버려따…
3학년 이성협

하아…
3학년 박정우
머리 열심히 만지면 뭐하나.
보여줄 사람도 없는데

야, 넌 무슨 과자를
그렇게 먹냐? 갈매기냐?
아그작
아그작

심심하잖아.
할 것도 없고.
3학년 정태수

쯧…
그건 노래방 가서
먹어야 되는데.
노래방 갈 사람 없나…

우리랑 가면 되잖아?

너 가만 보면 남자끼린
절대 노래방 안 가더라?
당연한 거 아니냐?
남자끼리 갈 거면
노래방을 왜 가?
안 그래 성협아?

야, 순수하게
노래만 좀 부르기도 하고
그래라. 인마.
우리끼리 가서 우정을
다질 수도 있는 거 아니겠냐?

절레
우정이라니 거 참…
응?

뚝

뚝

뭐야?
준성이 너
왜 그러고 있어?

형…!!

그러니까,
너네 반 어떤 미친놈이 급식실에서
너한테 국을 붓고 도망쳤다고?
니가 성협이 친한 동생인 거
모르는 놈 없을 텐데…

그 놈이 저번엔
의자를 들고 덤볐었고?
끄덕
야, 너 2학년에서
대장 아니었냐? 대체 어떤 놈이
그런 짓을 했어?

……

그러니까 형이 기강 한번
잡아주세요. 네?

부탁드립니다!
형님!

야, 어차피 심심하던
차에 잘됐잖아.
우리도 같이 갈게.
가자!
그래. 어차피
과자도 다 먹었어.

…앞장서라. 준성아.

넵!!
휘익

앞장서겠습니다!

현수야, 괜찮아?
난 지금 상황이 이해가 잘 안 가는데…

나도 안 가.

뭐?!

권혁진 말에 혹해서 들어주긴 했는데…
그놈 대체 어떻게 할 계획인 거지?

드르륵

멈칫

!?

슥
너 지금 뭐하는 거냐?

나?
웹툰 보는데.

탁

미쳤냐?
설마 그렇게 질러놓고
아무 계획도 없어?
툭
너 나한테까지
불똥 튀기게 하면…

계획 있어.

탁

이게 내 계획이야.

뭐?

저벅

저벅

저벅

저벅
저벅

드르륵!!

저벅
저벅

움찔

씨익

야 야,
저기...

씨익

움찔

두리번

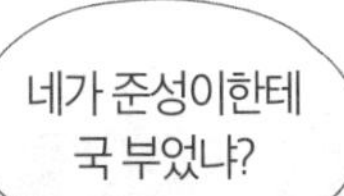
슥
네가 준성이한테
국 부었냐?

화들짝
아, 아닙니다!

그럼 누구야?

척
저기,
저 녀석입니다.

킥킥
흠칫!

!?

…야, 너.
스윽
네? 왜요?
방긋

한준성 그놈이 자기 빽을
데리고 들이닥칠 거라고!

그 선배가 얼마나
무서운 줄 알아?

진짜 엄청 세다고.
소문으로 들은 것만 해도…

뭐야…
저 X끼 딱 봐도
X나 찐X잖아?
그러게…
아이 씨,
그럼 우리가 지금 저런 놈을
밟겠다고 몰려온 거냐.
가오 상하게…

……
준성아.
예?

빠득
너 지금 얘한테 당하고서
나한테 도와달라고 한 거냐?

예… 예? 그… 그게…
저놈이 갑자기 덤벼들어서…!
혀, 현수 저 X끼도
갑자기 저를 생까고…!

움찔

아니, 그러니까.
저런 애를 너 혼자 처리 못 하냐고.

그, 그…
툭
됐다.

야, 가자.
드르륵
뭐야 ….

형!!
덥석
어디 가세요!

팍

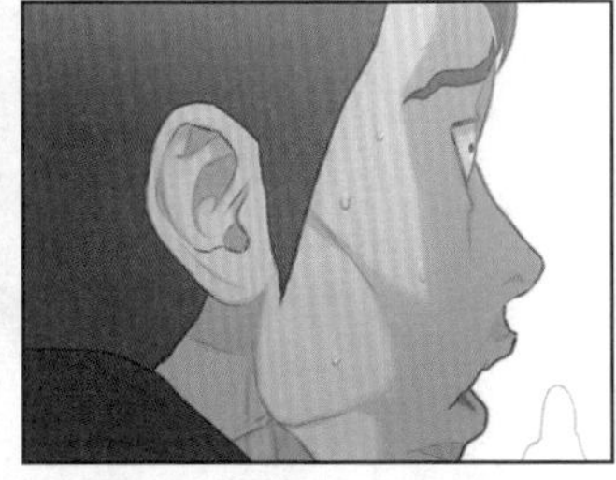

원래 저렇게 양아치처럼
노는 놈들일수록 우정에
대해 말하길 좋아한다.

하지만 정말 저런 놈들에게
중요한 건 '폼'이다.

저런 놈들이 친구니 형 동생이니
하며 몰려다니는 건
그렇게 몰려다니는 자신들이 세보이고,
폼 난다고 생각하기 때문이지.
절대 우정 때문이 아니다.

그렇기 때문에 폼 나지 않는 것은
버려질 수밖에 없다.

특히 나 같은, 혁진이 같은
원래부터 괴롭힘 당했던 '찐X'를
건드리는 건 '폼 나는' 것에 전혀 도움이
되지 않는 일이다.

그리고 나 같은 찐X 하나
처리 못하는 한준성 저 녀석도 역시,
이제 저들에겐 도움이 되지 않는
존재가 된 것이다.

형이니 동생이니 했지만…
드륵
친형제가 아닌 이상
버려질 수밖에 없는 상황이지.

척

야, 이제 할 말 있으면
나랑 직접 해.
이제 네 친한 형도
가버렸으니까 말이야.

아, 이제 '친한'
형이 아닌가?
울컥!!

이…
이 개 X끼가!!

그렇게
추락은 이미 시작되었다.

i will die soon

이제 곧 죽습니다

chapter ______ 8

구석으로 내몰린 쥐

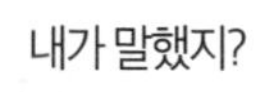
내가 말했지?

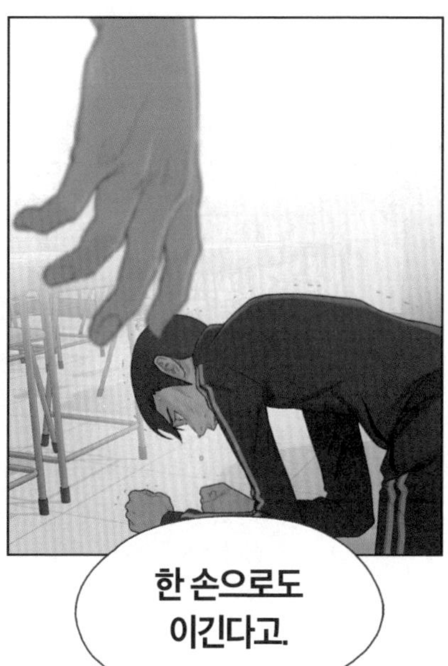
한 손으로도
이긴다고.

…그랬지.

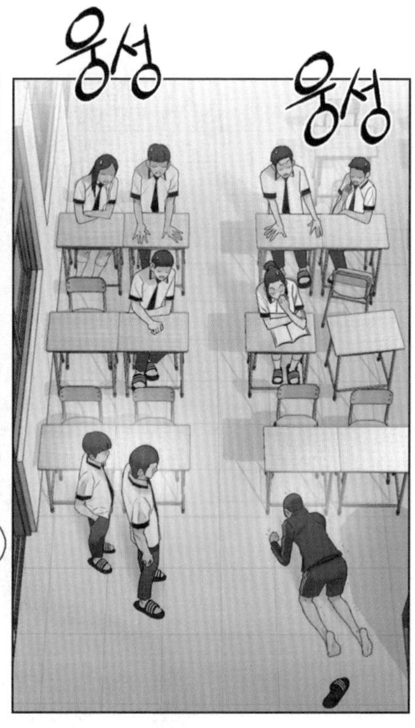
웅성
웅성

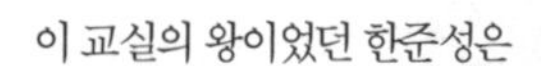
이 교실의 왕이었던 한준성은

그렇게 순식간에
왕좌에서 끌어내려졌다.

그리고 나의
사인(死因)도 사라졌지.

씨익
이제 난
확실히 살았어.

며칠이 지난 후

더 이상 나를
건드리는 놈은 없어졌다.

나를 보는 학생들의
눈도 달라졌다.

아마도 한준성과 싸우던
내 모습 때문이겠지.
아니면…

야.
빠나나 우유 맛있냐?

어, 한 입 줘?
툭
됐다,
너 많이 먹어라.

어쩐지 그 일 이후로 나에게 호의적으로
대하는 백현수 때문일지도 모른다.

하지만 별로 친해질 생각도 없다.
쯧
그래봤자 저 녀석도 일진일 뿐이니까.
착한 일진 나쁜 일진 따로 있는 것도 아니고.

결국 저놈도 학교폭력 가해자다.
그저 한준성을 찍어내려던 내 계획에 도움이 되었을 뿐.

물론 다른 학생들하고 친해질 생각도 없다.
혁진이가 죽고 싶다는 생각이 들 정도로 괴롭힘 당할 때 외면하던 녀석들이었으니까.

학창 시절엔 학교가
우주의 전부처럼 느껴지곤 한다.

그렇지만 지나고
보면 학창 시절은
그저 스치듯 지나가는,
인생의 아주 짧은
기간일 뿐이다.

하지만 그걸 모르면 혁진이처럼
죽을 듯 괴롭기도 하고,
한준성같은 쓰레기가
되기도 하는 것이다.

하지만 그 짧은
기간 동안 따놓은
점수가
그 후의 길고 긴
인생을 좌우하지…

터벅

터벅
터벅

퍽

씨…!

움찔
!!

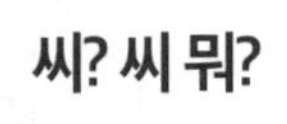
씨? 씨 뭐?

아…

아무것도
아니야.

퍽
비틀

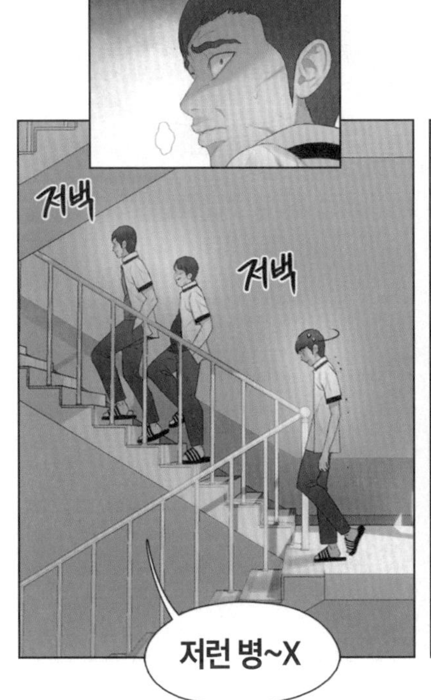
저벅
저벅
저런 병~X

멈칫
!

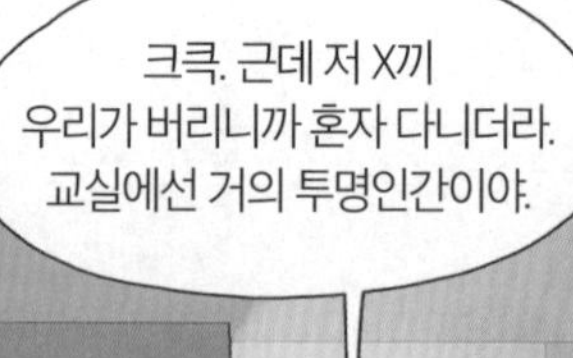
크큭. 근데 저 X끼
우리가 버리니까 혼자 다니더라.
교실에선 거의 투명인간이야.

그렇게 X같이 하고 다녔으니
친구가 있을 리가 있나.

근데 저 X신X끼
이 악물고 안 들리는 척하네.
들리는 거 다 아는데.

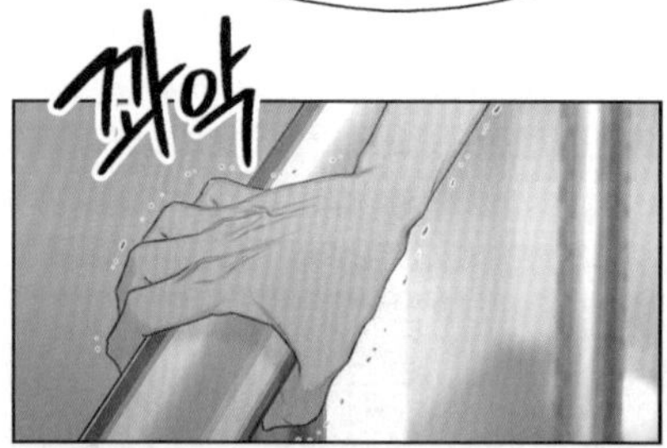
꽈악

터벅
터벅

하아..

!

민지…

멈칫

저 형이 왜…?

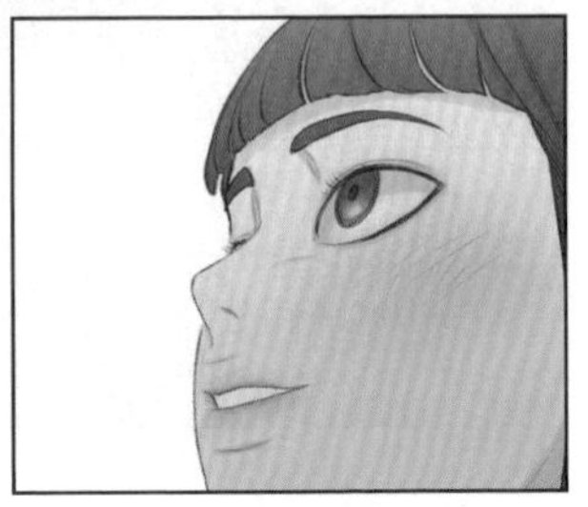

쪽
움찔
!?

둘이…
사귀는 거야?

휙

아…!
그, 그…

움찔

피식

툭
툭
툭툭

훅
훅

몸 관리도
열심히 해야지.
체력도 키우고,
살도 좀 빼고…

이제 이 몸으로 계속
쓸 거니 말이야.
난 살아남았으니까.

!
휙

뭐냐 너?

…문이야…
이건 무슨…,
너 혹시 술 먹었냐?
맛탱이가 완전 갔네.
다 너 때문이야…
너 때문에…!!
아,
지금 네가 그렇게 망한 게
나 때문이라고 탓하러 왔냐?
진짜 어이가
없는 X끼네…

그래, 네가 그렇게 된 거,
다 나 때문이다.
슥
근데 내가
왜 그랬는지 알아?

그거 다
너 때문이야.
알아들어?
어!?

알아들었을 리가 없지.
병X같은 X끼.

뚝
…!

저런 병~X
!
멈칫

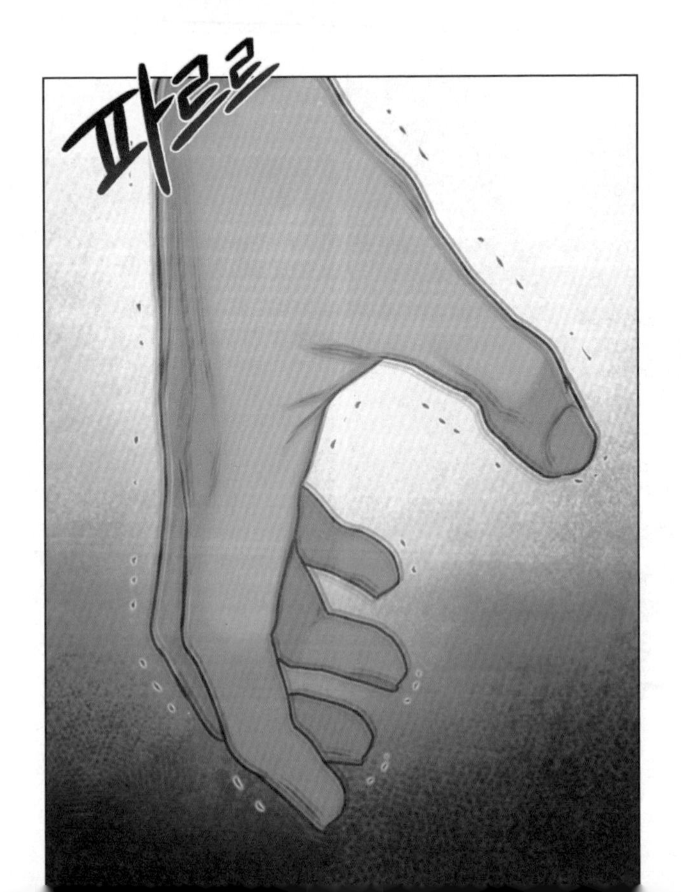
파르르

홱

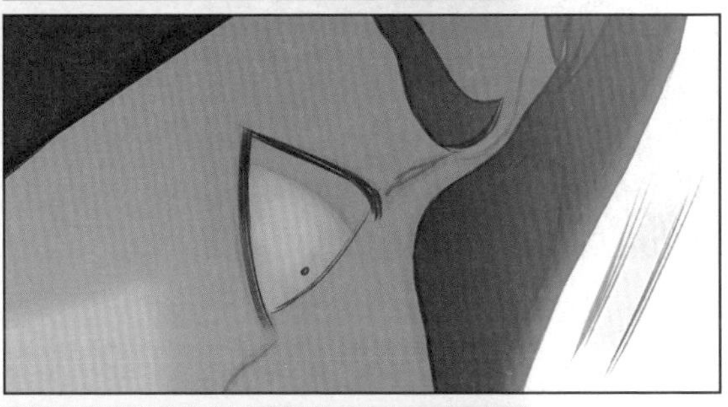

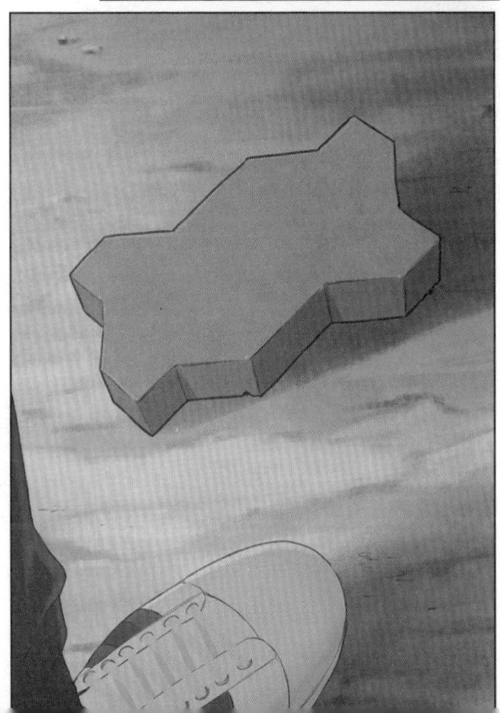

진짜 마지막까지
가지가지 하네.
저 X끼도…

야.
멈칫

아이 씨…
홱

i will die soon

이제 곧 죽습니다

chapter _______ 9

죽음으로 몰고 간 선택들

X발…
설마…?

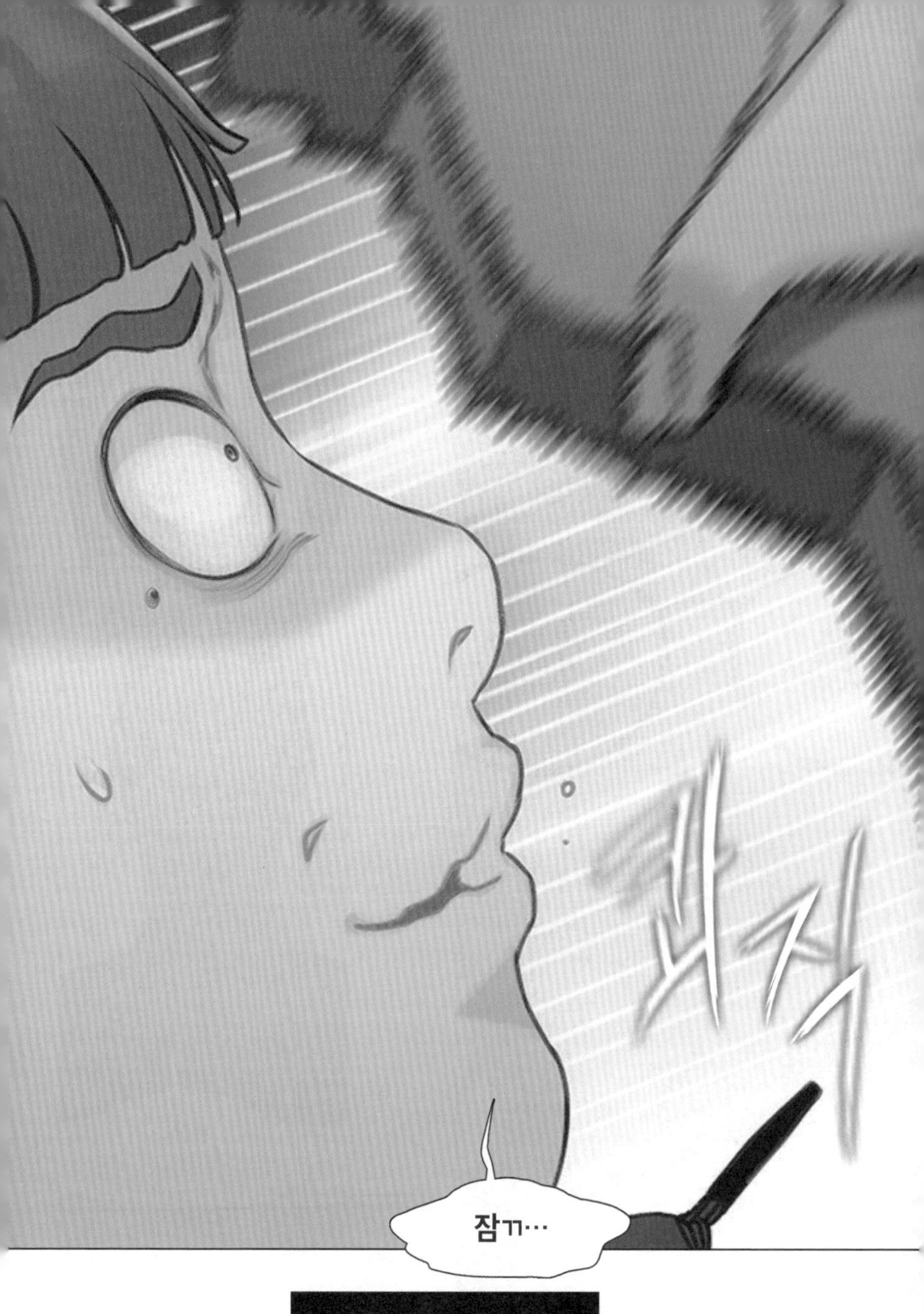

최이재, 죽다.

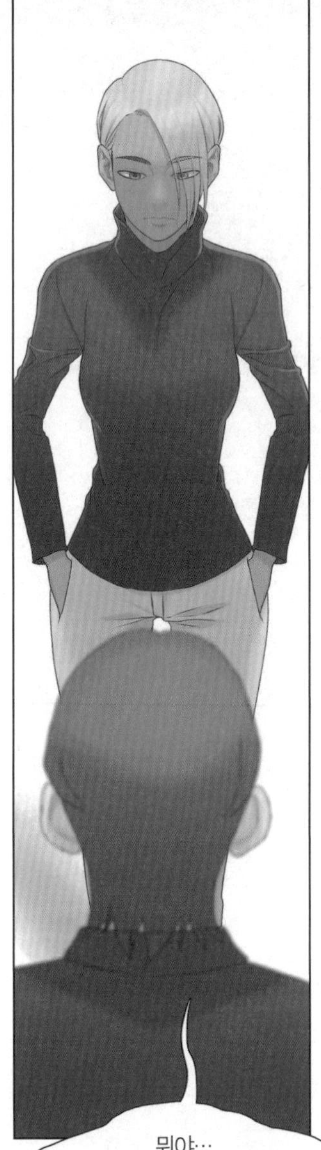

뭐야…
그냥 이렇게 죽은 거야?

왜!?

설마 그 미친 새X가
진짜 날 죽인 거야!?

다른 사람은
죽고 싶어질 정도로
괴롭혀놓고
부들
부들
자기 조금
괴로워졌다고…?

이런 개X발!!
탁

그게 너희 인간들의
원래 습성이잖아?

남의 칼에 찔린 상처보다
내 손에 박힌 가시가
더 아프다…
뭐 그런 인간 속담도
있지 않나?
…있죠. 있는데.

그 X끼는 남을
칼로 찌르고 다니던
놈이었다고!
버럭

X발…
자기는 칼로 찌르고
다녔으면서
부들
부들
가시에 찔렸다고
사람을 죽여?

하아…
슥
근데 저기요.
혁진이 원래 사인이
뭐였습니까?

그걸 내가 왜 너한테
말해줘야 하지?

하…
혁진이,
자기 스스로
죽었던 거 맞죠?

그런데 내가 그걸 알아내서
피하니까 억지로 죽게 만들려고
조작한 거잖아.
슥
이럴 거면 규칙이니 뭐니
하는 소리는 대체 왜 한 거야?

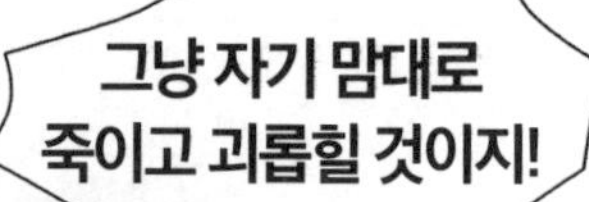
그냥 자기 맘대로
죽이고 괴롭힐 것이지!

버럭!!
당신 거짓말 때문에
괜히 발악했잖아!

철썩
!?

갑자기 무슨…

빠악
커헉!?

!!!
쿠당탕

ㄲㅇㅇ…

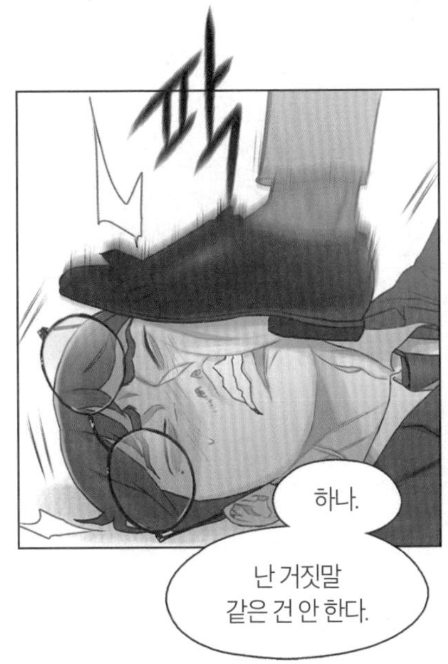
퍽
하나.
난 거짓말
같은 건 안 한다.

둘.
또 싸가지 없이 대들면
얼굴을 아예 부숴버린다.
꾸욱
알았어?
네…

…원래는
말해주지 않는 게
원칙이지만,
그렇게 의심하니
이번에만 알려주지.

네 말대로
권혁진은 원래
자기 스스로
죽음을 선택했었다.

!!

결국 나는 살아남는 데 실패했다.

게다가
그 이기적이고
멍청한 놈은…
학교폭력 가해자에서
완전히 살인자가
되어버렸어.
그리고…

혁진이의
부모는 결국
자식의 또 다른 끔찍한
죽음을 겪게 됐고…

그분들이 얼마나
슬퍼하실지…
꾸욱

……
멈칫
내가 죽고 나서
우리 엄마는…
아마도…
어쩌면…
그만, 어차피
그 생은 끝났어.
더 생각해봤자
나만 괴로워질 뿐이야.
후우-

왜 그래?

그냥…
그렇게 노력했는데도
결국 죽었으니…

슥
이제 모르겠네요.
제가 대체 뭘 할 수 있을지.

철컥!
!?

그래도 그 정도면
꽤 살아날 여지가 있는
죽음이었는데 말이야.

벌써 그렇게
속수무책인 듯이 말하다니.
그럼
재미없는데.
그, 그럼…
다음번은 너무
속수무책이 아닌 상황으로
해주시면…

…그것도 별로 재미없지.

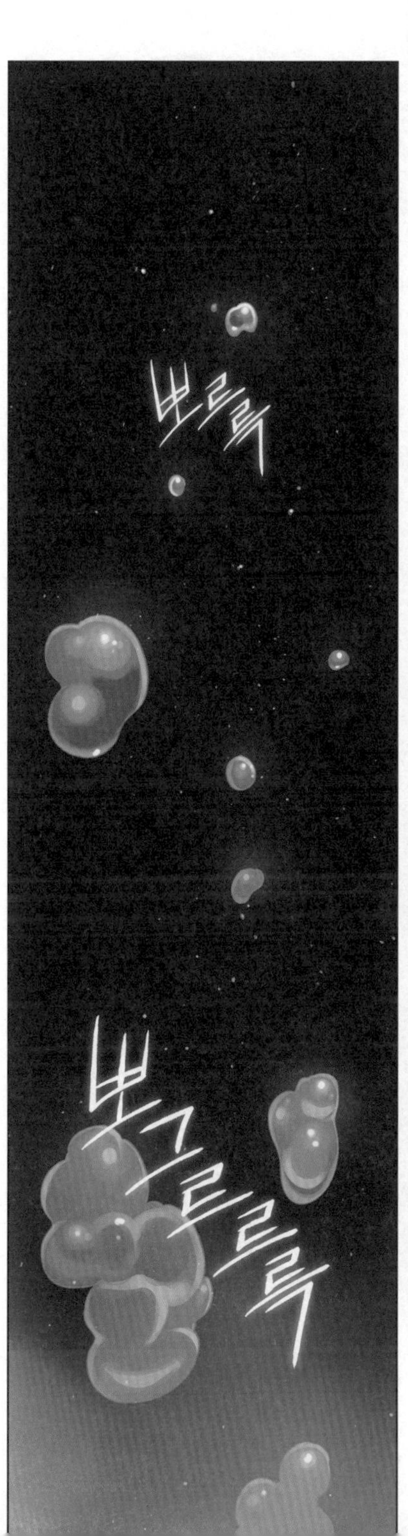
뽀르륵
뽀그르르륵

웅성
웅성

뭐, 뭐야 이거!?
여기 어디야?
덜컹
읍!!
철컥
철컥
덜그럭

손발은 왜 다
묶여 있어?!
철컥
오늘 쇼의 주인공!
!?
움찔
천재 마술사 데이비드 장이
선보이는 세기의 탈출마술!

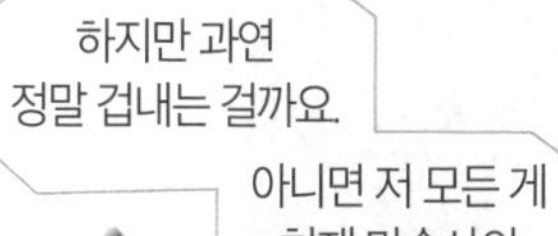

부그르륵

난 천재 마술사 아니야!!
탈출할 방법도 모른다고!

살려줘!!

부그르륵

쿵 쿵

오~

정말 다급해
보입니다!

자!
쿵 쿵
과연 그는
이 절체절명의 위기 상황에서
제한시간 내에 탈출할 수
있을 것인가?
모두
지켜봐 주세요!!

뽀그르륵
쿵
쿵

이제 곧 죽습니다

chapter ______ 10

그런 게 바로 죽음이야

철컥
철컥
철컥
읍...
으읍...!
철컥
제기랄!
이 상태에서 대체
뭘 어떻게 해야 탈출할 수
있는 건데?
철컥
철컥
으읍!!

뽕긋

쑤욱
저 빛…
'정보 입력'할 때
나오는 그…?

…!?

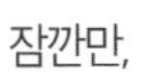

잠깐만,
지금 정보 입력이 되면
이 마술사의 기억도 같이
동기화될 테고…
그러면 여기서
탈출하는 방법도
들어오겠지!

둥실

둥실
둥실
부들
부들

다른 때는 엄청
빠르더니 이번엔
왜 이렇게 느려!
부들
부들
빠득
일부러 그러냐!
빨리 들어와!!

와, 오늘따라
연기가 더 실감나는데?
부들
부들

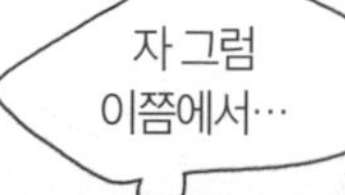
자 그럼
이쯤에서…

힐끔
끄덕

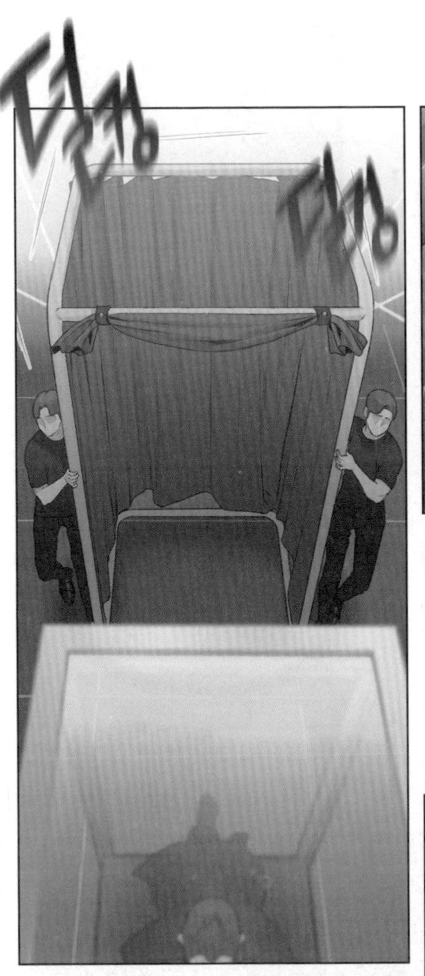
덜컹
덜컹

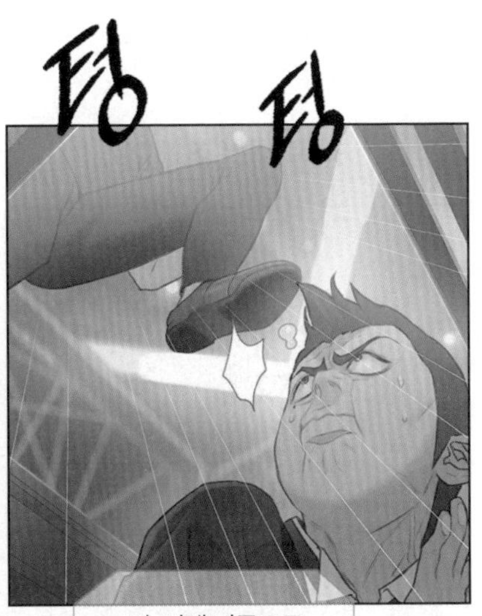
텅
텅
자. 이제 커튼으로
수조를 덮겠습니다.

그리고 다시 이 커튼을
걷었을 때 데이비스가 탈출에
성공을 했을지!
잠시 후에
확인해 보겠습니다!
두리번
뭐야!?

커튼 내려주세요!
읍!!!

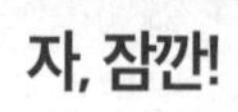
자, 잠깐!
펄럭

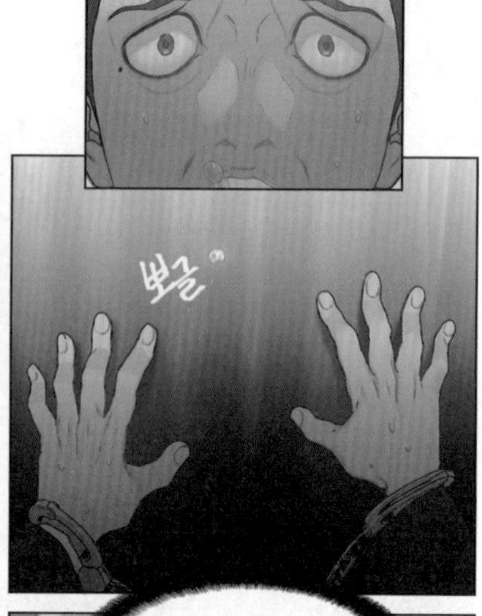
뽀글

아니야,
정보 입력만 되면…
살 수 있어!

천재 마술사,
데이비드 장!

과연 저 수조를
탈출할 수 있을까요?

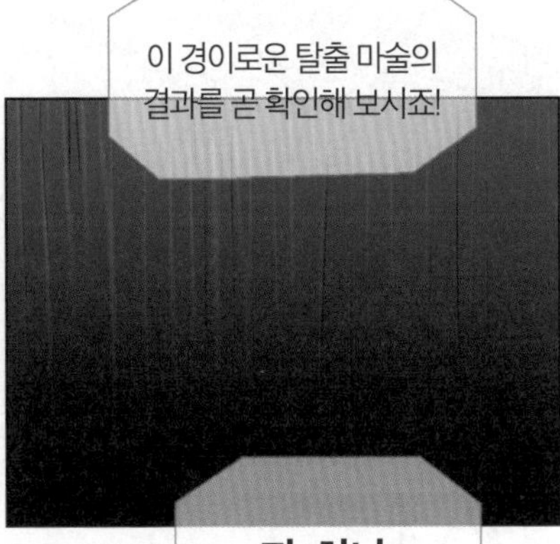

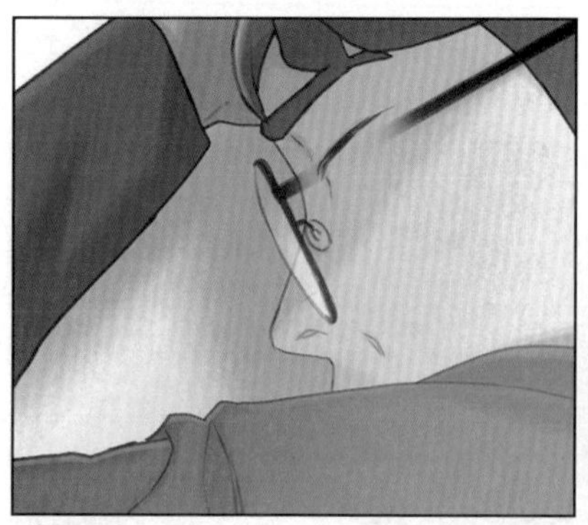

움찔

흐어억!!!
벌떡

하악
하악
털썩
헉..

슥
살았…

아니,
죽었구나…
푹

NintenBo GAME BOI
B
SELECT
START
딸깍

딸깍

씨X…
기억 입력이
너무 늦었어…
하아…

……
딸깍
딸깍
딸깍
딸깍

저도 좀 앉고 싶은데,
여기 남는 의자 없어요?

딱

앉아.
움찔
!

......
드르륵

물에 빠져 죽는 거…
생각보다 훨씬
고통스러웠어요.
하…
보통 엄청
고통스런 상황을 겪었을 때
'죽을 뻔했다'고 하는데,
이건 죽을 뻔한 걸
넘어서서 아예 죽을 때까지
겪었으니…

후, 아무튼 정보 입력이
좀 더 빨랐으면 살 수도
있었을지도 몰라요.
딸깍
딸깍
그런데… 만약에
정보 입력이 제때 돼서 내가
그 수조를 탈출했으면,
그다음엔
어떻게 죽는 거였어요?
탁
툭
또 나를
의심하는 거냐?
내가 조작이라도
했다고?

아, 아니
그게 아니라…!
제 말은, 그런 큰 공연을 열 정도의 마술사가
진짜 탈출마술을 실패해서 죽었을 리도 없고…

그래서 그게 사인은 아닌 것 같으니 진짜 사인이 뭔지 궁금해서…

그건 모르는 거지.
마술사의 기억이 들어왔어도 탈출할 수 있었을지.
수조의 잠금장치가 고장 났을 수도 있잖아?

아니면 탈출하고 나서
무슨 사고가 일어났을지도 모르고,
물에 젖은 상태로 마이크를 만졌다가
감전이 되었을지…
갑자기 무대의 조명이
머리 위로 떨어져서 죽었을지…
아니면 그냥 공연을 마치고도
어떤 이유로든 죽을 수도 있지.

그런 게 바로
죽음이야.

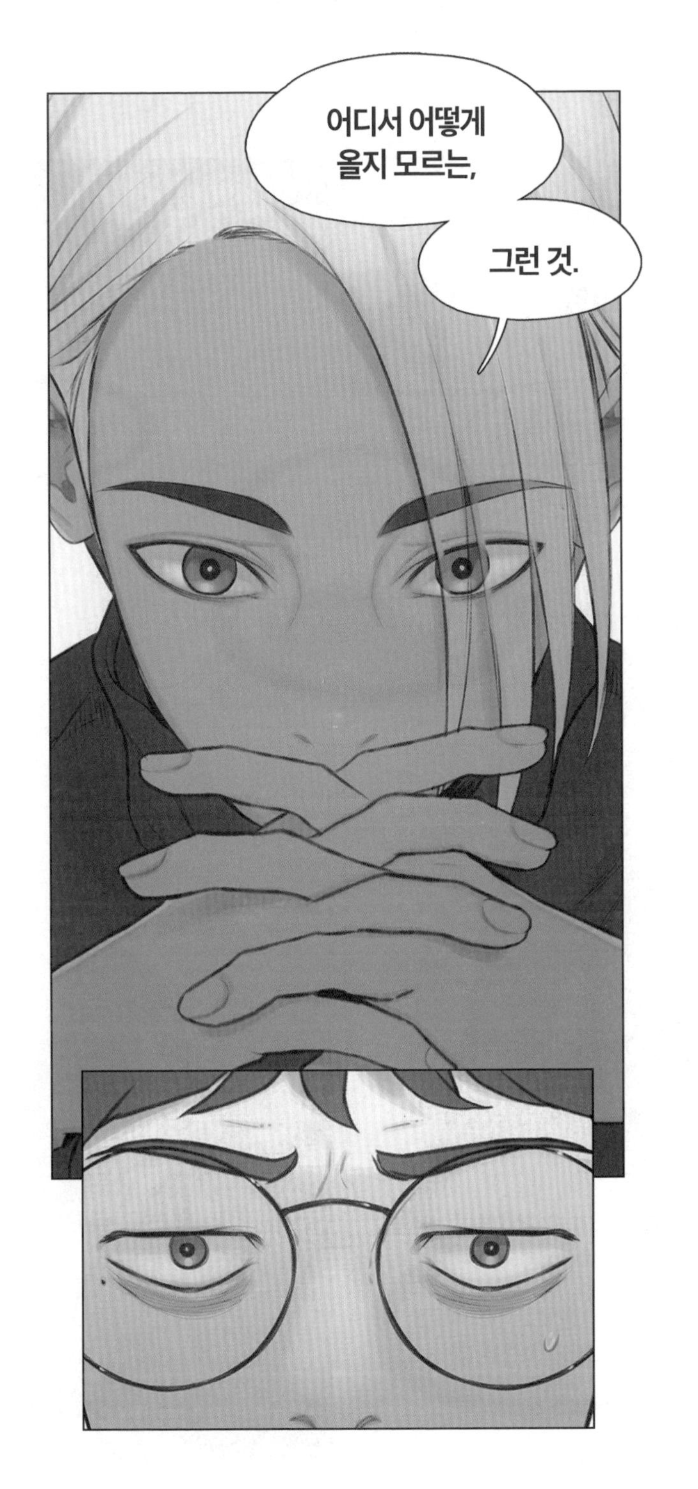
어디서 어떻게
올지 모르는,
그런 것.

…그렇겠죠.
그게 내가 받는 벌이죠.
끼익
어디서 어떻게 올지 모르는
죽음에 계속 치이는 거.
지친다…
아니,
그냥 지겹다.
차라리 그냥 빠르게
연달아서 죽었으면 좋겠네.
하아…
그게
그나마 낫겠어.
그럼 그냥 총 맞고 눈뜨자마자
계속 일부러 죽어버리면…
!!

여전히 그런 식으로밖에 생각을 못하네.

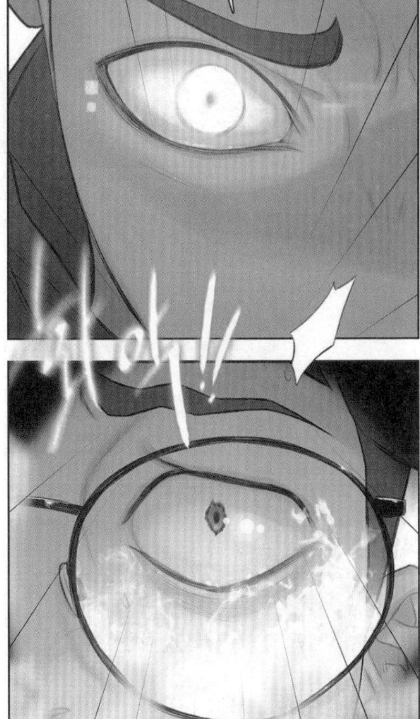
그따위 태도 때문에 이런 벌을 받는 건데도 말이야.

그, 그, 그게 아니라… 제 말은…!!
아니, 말이 아니라 생각만 했는데 어떻게…?

경고한다.
철컥
앞으로 겪을 '죽기 직전의 삶'에서
절대 자살할 생각을 하지 마라.

네가 죽어서
이곳에 돌아왔는데,
만약에 그 죽음의 이유가
자살이라면…
내 손으로 직접 너에게
죽을 것 같은 고통을,
죽지도 않고 계속 겪게 해주지.
알겠어?

아… 알겠습니다…

그럼 꺼져.
탕

뭐야, 여기는…

젠장, 열받아서 일부러 더 구린 곳으로 보냈나?
뚜둑
어후, 근데 왜 이렇게 온몸이 뻐근해?

나이 든 몸인가?

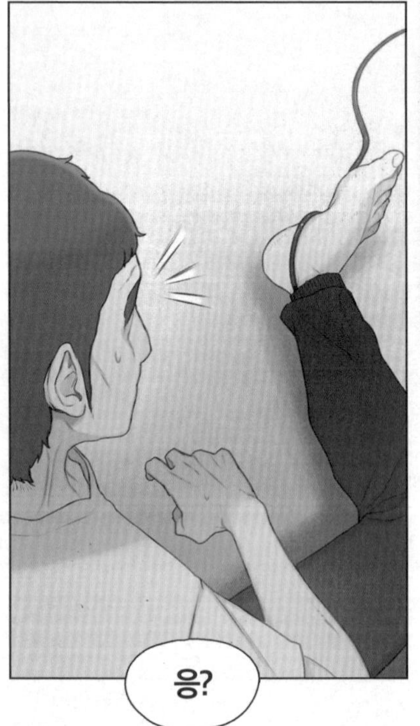
응?

뭐야…?

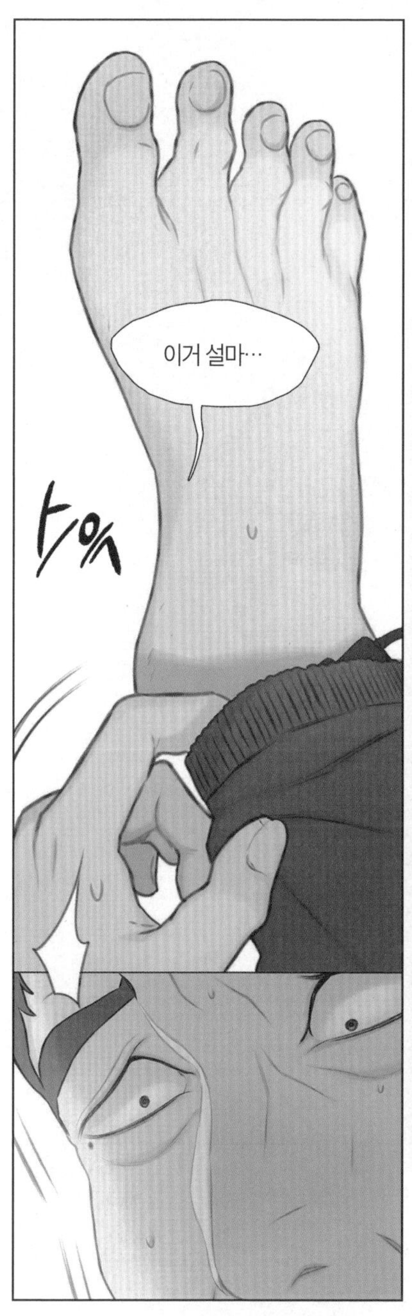
이거 설마…

전자발찌?!

i will die soon

이제곧 죽습니다

chapter_______11

이런, X됐다!

이런 X발….
파앗
어이가 없네…
움찔
후욱

chocolate
명가의 족발
허니반찬
그런 사람들이 있다.

저벅
횡단보도에서 빨간불에
아무렇지도 않게 건너는 사람들.

그런 사람들은 어차피 거리가 짧아서
괜찮다거나, 도로에 차가 안 다닌다거나,
다른 신호등을 보고 미리 예측했다거나…

저벅

저벅

이런 여러 가지 생각으로
빨간불에 건너곤 한다.

하지만 그는 이런 생각을 하는
사람이었다.

저벅

시간 아깝게 왜
기다리는 거지?

저벅

차도 안 오는데
그냥 건너면 되잖아.

그런 그가 술자리같이
사람들이 모여 있는 곳에서
늘 무용담처럼 하는
이야기가 하나 있었다.

야, 왜 군대에서
주머니에 손 넣고 다니는 거 하지 말라고 그러잖어?

아~ 입수보행

군대에서 작업하거나
근무 서는 곳이면 험지가 많을 텐데
넘어질 수도 있고,

군인이니 긴급상황에 빨리
대처할 수 있어야 하는데
손을 주머니에 넣고 있으면
그것도 느려질 테고…

…그래?

근데 나는 이병 때부터
그냥 X발 X까라고 그냥 주머니에
손을 꽂고 다녔어.

하지 말라니까
더 하고 싶더라고~

그럼 위에서
뭐라 안 해요?

당연히 간부가 나 보고
완전 열받아서 뭐라 하지.

근데 난 그냥
입수보행 했어.

그랬더니
위에 병장들이 다 불려갔어,
신병 관리 똑바로 안 하냐고.
그러니 또
병장들이 열 받아서 상병들 털고~
상병들이 열 받아서 일병들 털고~

그렇게 타고 내려와서
내 바로 맞선임까지
X나게 털렸지.

당연히 맞선임이 나 불러다가
또 X나 화를 내는 거야.
...
쪼옥
그럼 형님도 엄청
욕먹었겠네요?

근데 X발
내 성질이 그럴수록
더 하고 싶어지거든?
그래서 또 그냥
손 넣고 걸어 다녔지.

큭큭… 그랬더니 며칠 뒤에 맞선임이 죽을상이 돼서 나를 부르대.
너 때문에 소대 분위기가 X창 났다고. 그러니까 제발 입수보행 좀 하지 말래.
그러더니 X나 서럽게 펑펑 우는 거야. 자기도 힘들다고.
계속 막내로 구르다가 신병 들어와서 이제야 숨통이 트이나 싶었는데
낄낄
대체 자기한테 왜 그러냐고~

어…
그래서 어떻게 했어요?
긁적

뭘 어째, 계속 입수보행 했지.
낄낄
병X같은 X끼가 처울든 말든 내가 하고 싶다는데 뭔 상관이야?

그랬더니 이제 내가 주머니에
손 꽂고 다녀도 그냥 놔두더라.
새X들, 내가 얼마나
무서운 놈인지
깨달은 거지.

내 X대로 하면
결국 다 돼.
다른 새X들이 지들
멋대로 만든 규칙 같은 건
지킬 필요 하나 없다고.

…지금 그런 얘기를
뭘 자랑이라고 합니까?

남들은 뭐 멍청해서
규칙에 따르고 사는 줄 아슈?
멈칫

탁
뭐?
그 나이 처먹고 쪽팔린 줄도
몰라서 그런 얘기를 하냐고.
이 양반아.
아~형님!
그 사람들이
당신이 무서워서 놔둔 줄 알아?
그냥 더러워서 피한 거지.
으휴…
하긴 그걸 모르니
그러고 살았겠지…
스윽

아아악!!

그는 특수상해죄로
잡혀 들어갔지만 술에 취해 있었고,
합의와 반성을 했다는 이유로
집행유예를 선고받았다.

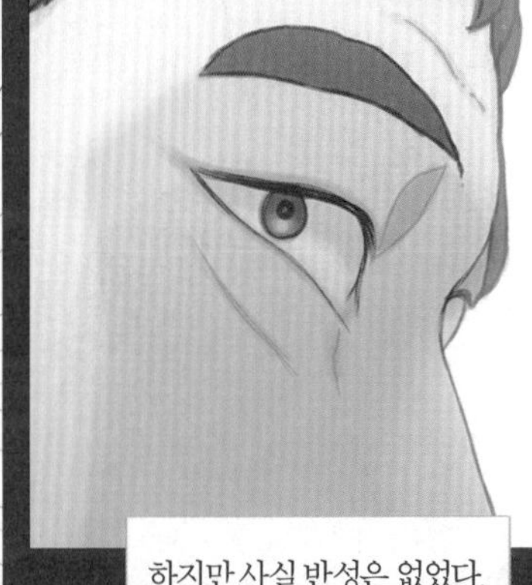

하지만 사실 반성은 없었다.

그에게 집행유예는 오히려 훈장이었다.

자신이 얼마나 무서운 사람인지를 알려주는,
그리고 정말 다른 사람들이 정한 규칙은
지킬 필요가 없다는 의미의 훈장.

하아… 돈도 없고
마누라도 없고…
비틀
이 끓는 마음을
풀 방법이 없네…
씨X…

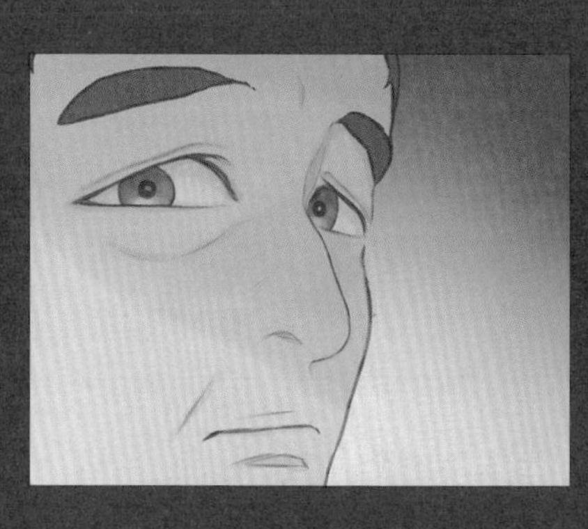

횡단보도 빨간 불에
건너도 아무 문제없었고,

규율을 지키지 않고도
처벌을 받지 않았으며,

사람을 해하고도
제대로 된 심판을
받지 않았다.

그렇게 그는 흔히 말하는
'법 없이도 살 사람'이 아니라,

법이 없어야 살 수 있을
괴물이 되었다.

결국 그렇게 만들어진
괴물은 끔찍한 성범죄를 저질렀고,
검거되어 교도소에
수감되었다.

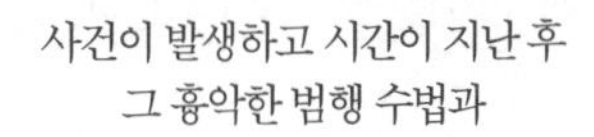

검거 후 보인 뻔뻔한 태도가 알려져
전 국민의 공분을 샀다.

그리고 판결에서
주취감형을 받았다는 사실이
더 큰 분노를 일으켰다.

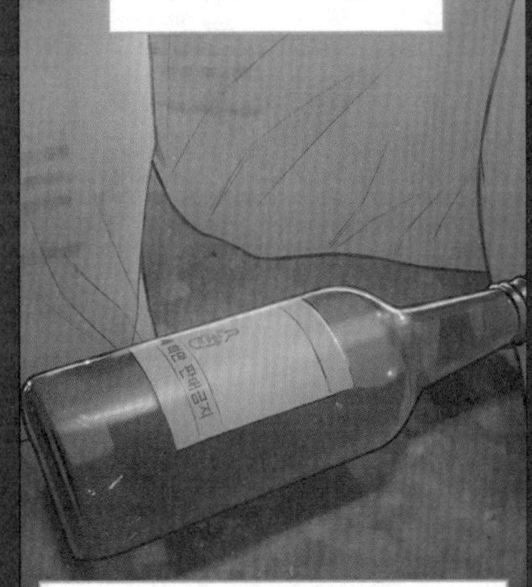

교도소 복역 중에도 사회에서 그의
출소를 반대하는 운동이 일어날 정도로
계속해서 국민들의 분노가 식지 않았다.

그리고 바로 얼마 전,
11년의 형기를 채우고
출소하였다.

…이상 정보 입력을
마칩니다.

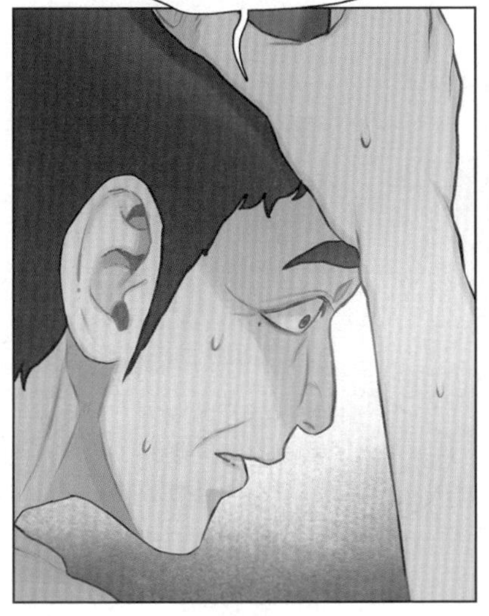
그럼 지금 내가
'유길학 사건'의 그
유길학이란 말이야?

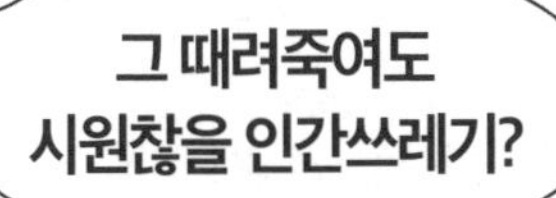
그 때려죽여도
시원찮을 인간쓰레기?

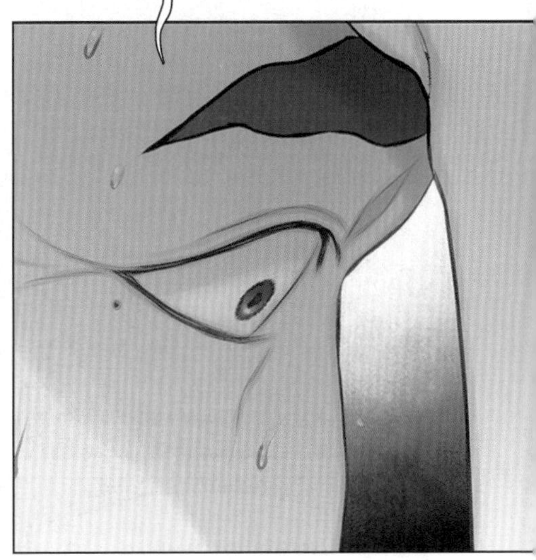

이런 씨X!
버럭!!

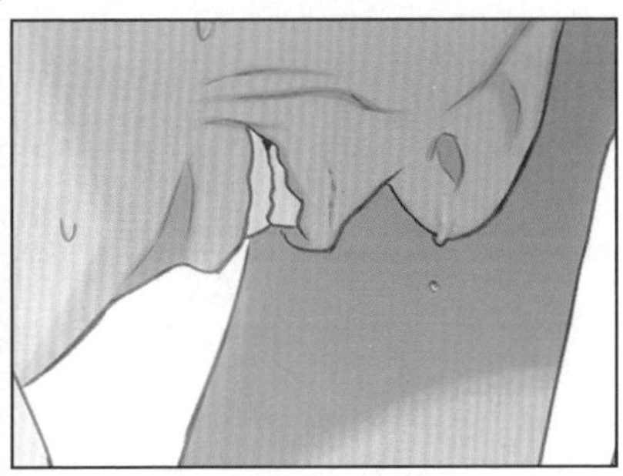

하아…
그냥 바로 죽어야 되나?

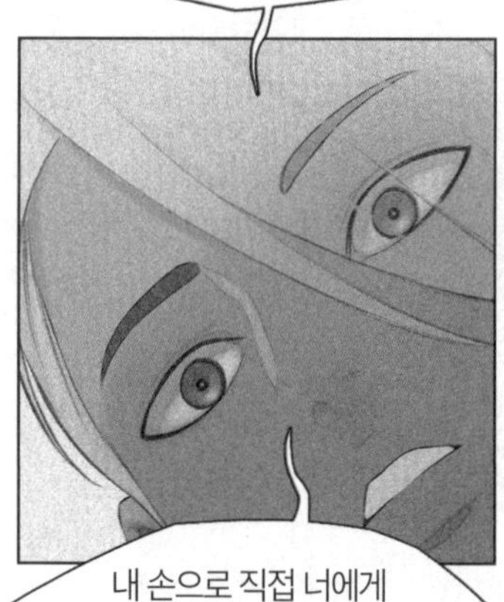
네가 죽어서
이곳에 돌아왔는데,
만약에 그 죽음의 이유가
자살이라면…
내 손으로 직접 너에게
죽을 것 같은 고통을,
죽지도 않고 계속 겪게 해주지
알겠어?

젠장, 여기 오기 직전에
그렇게 말했는데 그걸 바로 어기면…
지금보다 더 끔찍한 상황에
날 처넣을지도 몰라…

그래, 어차피 곧
죽을 운명이니까
내가 들어왔겠지.
털썩
그냥 며칠 버티다가
운명대로 죽는 게 낫겠어.

…근데 며칠 내로
죽는 건 맞나?
이놈은 대체
어떻게 죽는 거지?

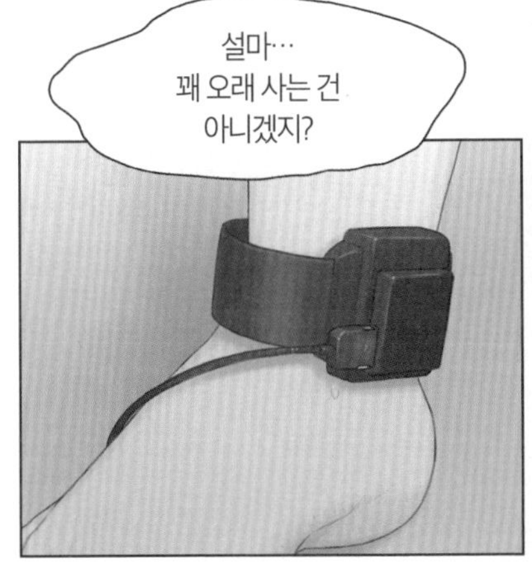
설마…
꽤 오래 사는 건
아니겠지?

이제 곧 죽습니다 1

초판 1쇄 발행 2024년 2월 5일

글 | 이원식
그림 | 꿀찬

펴낸이 | 김윤정
펴낸곳 | 글의온도
출판등록 | 2021년 1월 26일(제2021-000050호)
주소 | 서울시 종로구 삼봉로 81, 442호
전화 | 02-739-8950
팩스 | 02-739-8951
메일 | ondopubl@naver.com
인스타그램 | @ondopubl

Based on NAVER WEBTOON "이제 곧 죽습니다"
ISBN 979-11-92005-37-9 (04810)
979-11-92005-36-2 세트 (04810)